Sarah Briand

ROMY

Une longue nuit de silence

Fayard

Couverture : Le Petit Atelier
Photographie de couverture : © Jean-Pierre Bonnotte/
Gamma Rapho

ISBN : 978-2-213-70449-4

Dépôt légal : mai 2019

« Le bonheur, c'est du chagrin qui se repose. »

Léo Ferré

Prologue

18 septembre 2018
14, boulevard Haussmann, Paris

« Que ceux et celles… » Il répète ces mots dans la voiture qui roule au pas, comme un comédien avant d'entrer en scène. Sur le trottoir du boulevard Haussmann, les passants n'ont pas le temps de reconnaître l'homme qui s'engouffre tête baissée dans les locaux du *Figaro*.

À l'accueil, en revanche, nul besoin de décliner son identité, le standardiste compose immédiatement un numéro et prévient de son arrivée. Pascale Bourdet presse le pas pour l'accueillir. L'homme a tenu à ce qu'elle le reçoive en personne. Des salutations discrètes avant d'emprunter le couloir qui mène à ce bureau feutré dont la porte est surmontée de l'inscription « Carnet du *Figaro* ».

Il entre d'un pas lent et découvre leurs regards qui l'observent. Florence, Valérie puis Cyrielle. Les employées ne peuvent dissimuler leur surprise, même cachées derrière leur ordinateur. Un mythe a fait irruption dans leur quotidien. Il les salue avant d'entrer dans le bureau vitré de la directrice du service, tout au fond de la pièce, et de s'y asseoir en silence.

Son regard s'arrête sur une photo en noir et blanc de Jean d'Ormesson, l'ancien directeur du journal, qui aimait tant la littérature et la poésie. Face à lui, une immense affiche annonçant une exposition de peintures de Cézanne. D'une voix douce, Pascale Bourdet invite l'homme à prendre la parole.

Cette femme blonde à l'allure distinguée a l'habitude de recevoir des personnes qui souhaitent annoncer un deuil par le biais du journal ou rendre hommage à un défunt. Elle sait trouver les mots pour les réconforter mais elle sait avant tout écouter. Elle aime son métier : accompagner dans le travail de mémoire en choisissant les quelques phrases qui resteront à jamais gravées à l'encre noire.

Pascale Bourdet est d'abord frappée par l'élégance de l'homme qui s'assied face à elle. L'élégance dans l'apparence, même s'il ne porte pas de cravate, ainsi que celle du geste avec lequel il déplie la feuille jusque-là cachée dans une enveloppe. Elle observe ses mains. Et avec cette voix qui a donné la réplique à tant de comédiennes, il lit le texte qu'il a écrit à la main sur du papier gris.

Que ceux et celles
qui l'ont aimée
et l'aiment encore
aient une pensée pour elle.

Plus qu'aux lecteurs, cette phrase qui s'échappe de la bouche d'Alain Delon est avant tout une déclaration personnelle adressée à Romy. Il tient à ce que le message commence ainsi : « Rosemarie Albach-Retty, dite Romy Schneider. » Ce n'est pas à la comédienne qu'il s'adresse mais à la femme qu'il continue d'aimer. Il souhaite que ses mots paraissent samedi, à quelques heures de son quatre-vingtième anniversaire.

Pascale Bourdet a retrouvé dans ses archives le message qu'il avait déjà fait publier, dix ans plus tôt, pour l'anniversaire des soixante-dix ans de Romy. Il l'avait alors dicté par téléphone. Cette fois-ci, il a tenu à se déplacer en personne. Ils comparent les deux hommages et changent quelques mots. L'émotion submerge son regard bleu, mais jamais ne déborde.

Vient le moment de régler la publication. Alain Delon sort un chèque qu'il remplit à l'encre verte, la couleur qu'utilisait sa mère pour écrire. Pascale Bourdet le raccompagne ensuite dans le hall d'entrée. Il l'embrasse avant de s'éloigner. Tel un anonyme venu rendre hommage à la femme qu'il a aimée.

Le lendemain de la parution, il la rappellera pour lui dire simplement merci. Merci de continuer à faire vivre Romy, plus de trente ans après ce jour où elle a fermé définitivement les yeux.

29 mai 1982
11, rue Barbet-de-Jouy, Paris

Elle est libre et sereine.

Les pulsations de son pouls se sont espacées et son cœur a cessé de battre. Ce cœur qui a aimé, toujours passionnément, et qui a parfois été blessé, vient de s'arrêter. Un ultime battement comme le coup qui annonce au théâtre le dernier acte de la pièce.

Elle est désormais seule en scène.

Romy vient de tirer sa révérence, dans le silence d'une nuit de printemps parisienne.

Elle s'est effondrée sans bruit, comme une feuille d'automne qui se pose dans un léger froissement sur l'asphalte parisien, alors qu'elle était en train d'écrire, assise devant le petit secrétaire de la chambre. Elle a eu le temps de rejoindre le canapé tout près.

Pensant qu'elle s'était endormie, sans savoir que c'était pour l'éternité, son compagnon, Laurent Pétin, l'a délicatement portée du fauteuil jusqu'à leur lit, comme le font les princes des contes de Perrault.

C'est auprès de lui qu'elle repose. C'est à ses côtés qu'elle est allongée, alors qu'il dort encore. Cette chambre qui était jusqu'alors le cocon de leur amour est devenue une chambre mortuaire.

Commence alors une longue nuit de silence.

Le décor est figé. Épars dans ce lieu où elle a déposé ses bagages, posés nonchalamment sur les fauteuils, quelques-uns de ses fichus colorés et longues tuniques « bohème » qu'elle arborait comme tenues d'intérieur. Ainsi vêtue, Romy recevait chez elle, de façon décontractée, sans aucun maquillage. Une image d'elle face à laquelle beaucoup montraient malgré eux un air étonné, lorsqu'elle leur ouvrait la porte, ayant même parfois du mal à la reconnaître au premier regard, tant elle était éloignée de l'image de la comédienne qu'elle montrait sur grand écran.

Aux murs, de nombreuses photos de son fils, David. Des clichés de lui qui se superposent, à l'âge de cinq, dix, quatorze ans. Un sourire franc. Un visage lumineux et bienveillant dont la vie s'est terminée en tragédie. Le fruit de son histoire d'amour avec un dramaturge allemand, Harry Meyen, qu'elle aurait souhaité, sans jamais y parvenir, sauver de ses torpeurs. En quelques mois, elle venait de perdre son ex-mari et leur enfant unique. L'un dans un suicide, l'autre dans un terrible accident.

Sur le secrétaire, un verre de vin. Et ce petit mot qu'elle était en train d'écrire à une journaliste pour repousser une interview qui doit avoir lieu dans quelques heures.

Certains diront que cette lettre est la preuve de son suicide. Pourquoi, sinon, Romy aurait-elle annulé ce rendez-vous ? Des médicaments et un verre de vin n'ont-ils pas été retrouvés près d'elle ce soir-là ?

Romy aurait-elle décidé de mettre le point final à la promotion de son dernier film en même temps que celui de son existence ?

La Passante du Sans-Souci *serait donc la dernière étape de l'œuvre d'une comédienne qui souhaitait arrêter le cinéma. Quelques mois après la mort de son fils qui l'avait pré-*

cipitée dans un chagrin dont elle ne se remettait pas.

*Traquée depuis des mois par les paparazzis, elle ne souhaitait plus donner en spectacle son visage qui trahissait forcément son chagrin, la blessure de sa vie, la mort de son fils tant aimé, il y a moins d'un an. Elle s'était tapie à l'abri des regards qui l'ont tour à tour sublimée, admirée, jalousée, pourchassée, tel un animal blessé, dans cet appartement bourgeois de la petite rue Barbet-de-Jouy, dans le VII*e *arrondissement, que lui prêtait son ami le producteur Tarak Ben Ammar. Romy ne supportant plus les lieux qui lui rappelaient son fils, elle avait demandé à échanger leurs logements, un coup de tête en pleine nuit il y a quelques mois de cela.*

Quelques heures auparavant, devant ce même bureau, juste avant qu'elle ne s'effondre, elle n'était pas seulement tournée vers le passé en plongeant ses yeux dans ceux de son fils, juste devant elle, sur les photos qu'elle avait exposées comme une tapisserie mortuaire. Elle parlait du présent et se projetait dans l'avenir.

Romy venait d'avoir une conversation téléphonique avec Gérard Schachmes, le photo-

graphe rencontré sur le tournage de La Passante du Sans-Souci.

Il lui avait proposé une séance photo : poser de façon détendue avec son compagnon, Laurent Pétin, et sa fille Sarah. Des clichés qui lui permettraient d'afficher le bonheur de sa nouvelle famille dans un lieu qui lui ressemble. Il avait suggéré son domicile. Romy avait opté pour la nouvelle maison qu'elle venait d'acheter aux environs de Paris, à Boissy-sans-Avoir, ce havre de paix où elle souhaitait passer désormais le plus de temps possible et dont elle n'avait encore jamais dévoilé publiquement l'intimité.

Elle venait de discuter longuement de cette séance qui devait avoir lieu le lendemain. De ce qu'elle souhaitait montrer des lieux, des vêtements qu'elle pourrait porter. Elle a demandé conseil au photographe, imaginant les tenues qu'elle envisageait, les chaussures qu'elle mettrait. Romy a toujours eu un problème de chaussures. Ayant souvent mal aux pieds, elle privilégiait le confort, l'hiver dans des bottines à petits talons et l'été dans des sandales. Mais jamais de hauts talons, les escarpins lui écrasaient les orteils. Elle avait évoqué également la façon dont serait habillée Sarah du haut de ses quatre ans, insistant sur le fait qu'avec sa fille à ses côtés les photos ne pouvaient être que « splendides ».

Ce projet était bien la preuve, selon d'autres, que Romy ne s'était pas suicidée. Sinon, pourquoi avait-elle confirmé le rendez-vous avec Gérard Schachmes par téléphone, quelques heures avant de mourir ?

Romy était ensuite sortie dîner avec son compagnon chez la sœur de celui-ci. En rentrant, Romy avait glissé à Laurent qu'elle restait encore un peu « avec David ». Avec son fils.

La séance photo avec Gérard Schachmes aurait dû avoir lieu ce samedi 29 mai. Alors que le photographe prépare son matériel, juste avant de se mettre en route vers Boissy-sans-Avoir, il reçoit un appel du directeur de l'agence Sygma lui demandant s'il a écouté la radio.

« Romy est morte cette nuit. »

Silence au bout du fil.

Et sidération.

Gérard Schachmes dépose alors ses appareils sans bruit.

Si Romy ne s'est pas suicidée, alors que s'est-il passé dans l'intimité de cette chambre, lorsqu'elle s'est installée pour écrire à son bureau ?

Est-ce que son cœur s'est tout simplement tu d'un seul coup, tiraillé par tant de chagrin, usé par tant de blessures ?

Comme dans un film au ralenti, la chambre se met en mouvement. Laurent Pétin, dans un état second, téléphone à quelques proches pour leur annoncer le décès de Romy.

Sarah est vite emmenée par sa nurse, Bernadette, à quelques centaines de mètres de l'appartement, chez la famille du compagnon de Romy. Une façon de la protéger du monde extérieur.

Elle partira ensuite vivre chez son père et ses grands-parents à Saint-Germain-en-Laye. Cette famille que Romy avait commencé à créer avec Daniel Biasini, qui fut son secrétaire particulier avant de devenir son amant, puis son mari, le grand amour auprès de qui elle vécut des années solaires entre Paris et Ramatuelle. Une histoire simple qui lui apporta une décennie sereine et souriante. Celle où elle devint la muse de Claude Sautet, dans le rôle de femmes – Hélène, Lily ou Rosalie – à qui toutes les Françaises ont rêvé de ressembler.

Soudain, il fait son entrée. Tel l'inspecteur qui arrive au début d'un film policier sur une scène de crime, Laurent Davenas se faufile à pas feutrés entre les gendarmes qui ont commencé le relevé des empreintes. Le substitut du procureur, chef de la section criminelle du parquet de Paris, a été appelé en urgence pour un décès. Il sait pertinemment chez qui il se trouve – bien qu'il ne l'ait appris que quelques minutes avant d'arriver – mais cet élément ne doit pas entrer en compte dans la mission qu'il a à accomplir : vérifier que le corps ne présente aucune ecchymose ou griffure qui permettrait de penser qu'il s'agit d'une mort suspecte. Il est accompagné d'un médecin légiste, le Dr Déponge.

D'un regard circulaire, il retient quelques éléments du décor de cette tragédie. Un verre de vin à moitié plein, des plaquettes de médicaments à moitié vides, un peignoir blanc posé nonchalamment sur un fauteuil Voltaire, une feuille de papier griffonnée de quelques lignes, et la dernière qui s'échappe dans un trait qui noircit le bas de la page comme la vie qui s'enfuit.

Il voit surtout, dans un coin de la chambre, un homme dévasté qui a trouvé en pleine nuit la femme qu'il aime à moitié endormie. Il l'a bordée sans savoir que ces draps lui serviraient quelques heures plus tard de linceul.

Lentement, les deux inconnus s'approchent d'elle, l'icône de cinéma étendue en habit de nuit. Ce sont eux qui vont décider de la suite de l'histoire dont les ingrédients ont tout d'une tragédie grecque.

Laurent Davenas prend, en pleine conscience, une décision qui permettra de perpétuer le mythe. Il refuse de faire pratiquer une autopsie à ce petit bout de femme qu'il imaginait bien plus grande. Et signe le permis d'inhumer. Il a souhaité ne pas porter atteinte à Sissi, il a préféré laisser Romy à son mystère.

La nouvelle de la mort de Romy n'a pas encore été donnée par l'Agence France-Presse. Mais sitôt la dépêche tombée, les premiers journalistes se pressent trois étages plus bas, piétinant les fleurs de l'entrée de l'immeuble pour installer leurs caméras.

Puis vient le tour des anonymes, ces visages que Romy croisait lorsqu'elle sortait dans sa rue ou plus loin, mais qui ne la reconnaissaient pas toujours. Ceux qui tantôt n'osaient pas l'aborder, tantôt la remerciaient parce qu'elle les avait fait rire ou pleurer.

Et c'est ici que vont bientôt défiler les plus grands réalisateurs et comédiens français. Ceux avec qui elle a partagé une scène, échangé un fou rire ou un regard plein de larmes, des dîners sans fin ou des vacances au soleil, ceux qui sont devenus des confidents, ceux qui ne se sont jamais lassés de sa photogénie exceptionnelle, lui écrivant sur mesure des rôles de femme amoureuse.

Pour l'heure, l'appartement est encore dans la pénombre, comme hors du temps.

Dans quelques minutes, il sera à son chevet.

Alain Delon est l'un des premiers à se rendre auprès de Romy. Il l'a fait de nombreuses fois dans sa vie. Pour l'aimer comme pour la consoler. Malgré leur rupture il y a près de vingt ans, il n'a jamais cessé de s'inquiéter pour elle. D'être présent dans les moments les plus difficiles. Il est resté l'homme de sa vie.

Alain Delon fut son ange gardien et le restera jusqu'à la fin.

Tôt ce matin, alors qu'il était à plusieurs centaines de kilomètres de la capitale, il a eu un mauvais pressentiment. Il a alors appelé son ami, leur ami commun, Alain Terzian. Comme à son habitude, sans jamais se présenter à son interlocuteur, de sa voix grave reconnaissable entre des milliers d'autres, il lui a immédiatement confié son inquiétude. Une peur indéfinissable, viscérale, il ne savait pas exactement quoi, mais il redoutait que quelque chose de grave ne soit arrivé à Romy. Le producteur avait observé quelques secondes de silence. Ces deux-là étaient décidément connectés pour l'éternité. Alain Terzian venait justement de recevoir un appel du journaliste Philippe Labro. C'est lui qui lui avait annoncé la nouvelle depuis la rédaction de RTL, la dépêche AFP sous les yeux.

Au bout du fil, son silence avait résonné comme un cri. Alain Terzian n'avait pas eu le temps d'entendre la réaction d'Alain Delon, celui-ci était déjà en route pour Paris.

Il roule plus vite que jamais, comme s'il pouvait encore arrêter la mort. Sur le trajet, les images des séquences de leur vie se superposent au paysage qui défile. Certaines les réunissent tous les deux, comme lorsqu'ils jouaient le même film à l'écran et dans la vie, dans Christine *notamment. Ils étaient jeunes et amoureux. Insouciants aussi. Sur d'autres, ils sont sur la même affiche mais lui au second plan de sa vie privée, comme dans* La Piscine. *C'était le début d'une nouvelle ère pour elle, celle d'une notoriété croissante qui allait faire d'elle une icône française, muse de Claude Sautet et partenaire de Michel Piccoli pendant des films et des films dont on ne se lasserait jamais. Et puis il y a tous les moments qui manquent à la chronologie de sa vie, ces instants où il n'était pas là, où elle vécut sa vie sans lui. Il en connaît des bribes, le visage de ses maris ou de certains de ses amants, il est au courant de ses plus grands bonheurs et a partagé plusieurs de ses malheurs.*

Ils avaient veillé tous deux à ne jamais casser le fil qui les reliait. Malgré leurs changements de vie et leurs colères passagères.

Cela faisait déjà près de vingt ans.

Alain Delon a donné rendez-vous à Alain Terzian chez lui, dans son appartement de l'avenue du Président-Kennedy, dans le XVIe arrondissement. Là même où il vécut avec Romy au début des années soixante. C'est dans cet antre silencieux dessiné en triplex qu'il fait une pause, avant d'affronter la douleur et la foule. Seul, face à la Seine, le visage derrière les vitres du septième étage. C'est là qu'elle était revenue il y a quelques mois à l'occasion d'une séance photo pour Paris Match. *Un sondage les avait consacrés « acteurs préférés des Français » et ils annonçaient leurs prochaines retrouvailles au cinéma dans un long-métrage de Pierre Granier-Defferre,* L'Un contre l'autre, *produit par Alain Terzian. Ils avaient posé ensemble en une, elle au premier plan, lui juste derrière son épaule gauche. Elle était habillée en noir, lui en blanc, tels le yin et le yang. C'est leur dernier cliché ensemble.*

L'arrivée d'Alain Terzian met fin à cette fresque d'images qui ne cesse de le hanter depuis quelques heures. Ensemble, les deux hommes franchissent la grille en fer forgé du numéro 42 et se mettent en route pour le VIIe arrondissement.

C'est une journée de printemps qui aurait pu être si belle. La voiture continue d'avancer, dans un silence qui sature l'habitacle. Devant eux, une autre procession s'est formée. Celle de dizaines de femmes et d'hommes, les yeux embués de larmes. Alain Delon les suit du regard. Ils se rendent comme lui devant l'immeuble où Romy résidait, au numéro 11. Leur vie a été mise sur pause, le temps du deuil. La sienne a été pulvérisée.

La voiture s'arrête. Vite, sortir avant qu'ils ne surgissent. Anonymes et photographes sont déjà là, la nouvelle s'est répandue comme une traînée de poudre. Mais, à mesure qu'il avance, ils s'écartent. Dans un silence abyssal.

Le trajet qui le mène à l'appartement lui paraît plus long que les kilomètres avalés sur l'asphalte. Son regard se pose, comme dans un long travelling silencieux et au ralenti, sur l'immense affiche murale du hall d'entrée représentant une vue des quais parisiens, sur le visage de la gardienne qui le salue d'un hochement de tête, les yeux fatigués d'avoir déjà pleuré, puis sur le revêtement marron de l'intérieur de l'ascenseur, sur le chiffre 3 du bouton correspondant à l'étage de l'appartement, sur la porte entrouverte, sur les visages fermés des gendarmes affairés, sur les gestes précis des pompiers qui font des allers-retours entre le vestibule et la chambre. Mais il ne voit déjà plus rien. Jusqu'à ce qu'il la voie elle, étendue sur son lit. À ce moment-là, il a envie de croire qu'elle s'est simplement assoupie.

Il se met à genoux pour être à sa hauteur.

Il ne cesse de la regarder.

Son visage est penché sur le sien, comme s'il souhaitait imprimer à jamais ses traits dans sa mémoire. Il est maintenant si près qu'elle pourrait sentir son souffle lui effleurer les paupières.

Cette image de leurs visages rapprochés aurait pu être l'ultime cliché de leurs retrouvailles au cinéma.

Comme sur un tournage, Romy est au centre du plateau, telle la Belle au bois dormant, endormie à jamais. Autour d'elle, les figurants prennent peu à peu leur place, entrant en scène, sortant en silence.

Michel Piccoli, Claude Berri, Roman Polanski et Jean-Claude Brialy, un bouquet de roses à la main. Le comédien a trouvé il y a quelques heures encore un nouveau message de Romy caché, chez lui, dans un de ses tiroirs. Quatre lignes commençant par « Papa », le surnom qu'elle lui donnait. Romy cachait des petits mots enfantins chez les gens qu'elle aimait. Il ne cessera d'en trouver d'autres.

Claude Sautet, lui, est dans sa maison de Cogolin, dans le Var, lorsqu'il apprend la nouvelle. Il part en voiture à toute vitesse et a même un accident dont il sort légèrement blessé.

La productrice Albina du Boisrouvray arrive elle aussi au chevet de Romy. Elle la regarde et la trouve si belle endormie.

Sont présents Jean-Loup Dabadie, mais aussi celui qui fut son agent, Jean-Louis Livi, neveu d'Yves Montand et l'un de ses plus proches amis, celui qu'elle appelait souvent en pleine nuit pour une question, une confidence ou juste le temps d'une consolation.

Tous sont venus pour Romy. Aucun d'eux ne peut cacher son désarroi. Personne ne se risque à essuyer ses larmes.

Les premiers Parisiens ayant appris la nouvelle du décès de Romy entament une procession pour se recueillir sous les fenêtres de son appartement, portant leur regard vers le troisième étage, comme s'ils pouvaient une dernière fois l'apercevoir.

À la minute où elle est morte, son patronyme a disparu dans la bouche de millions de Français qui ne l'appelleront plus que par ce prénom, Romy, comme s'il n'y en avait qu'une et n'en resterait qu'une.

Ceux qu'elle a aimés et ceux dont elle a réclamé l'amour à grands cris sont désormais réunis autour de son lit, comme des papillons de nuit, pour l'accompagner dans son dernier voyage. Avant que chacun reparte avec un ou plusieurs de ces instantanés de vie qu'elle a laissés sur la pellicule ou dans leurs souvenirs.

Septembre 1949
Internat Goldenstein, Autriche

Romy respire une dernière fois son parfum lorsqu'elle l'embrasse pour lui dire au revoir. Sur le seuil de cet internat catholique où Romy est déposée comme un paquet encombrant, elle ne veut pas lâcher la main de sa mère. Romy a dix ans et se sent soudain triste et seule dans ce décor austère, un château du XIIIe siècle proche de Salzbourg.

Quand la reverra-t-elle ? Magda lui promet de revenir bientôt. Ses yeux clairs se remplissent de larmes. La petite Rosemarie, contraction de Rosa et Maria, les prénoms de ses deux grands-mères, préférerait rester avec sa mère. Accompagner sur les tournages cette comédienne, jadis très courtisée, qui déploie une énergie folle pour ne pas cesser de tourner dans cet après-guerre où chacun se demande ce que son voisin faisait pendant les années sombres.

À l'instant où Magda la confie à sœur Augustina, Romy sait qu'elle fait une croix sur son enfance, ses premières années d'insouciance passées dans leur propriété de Mariengrund, à Schönau, dans les Alpes bavaroises, les moments complices avec son petit frère Wolf-Dieter – qu'elle surnomme Wolfi – à courir dans l'air frais du jardin de leur maison aux allures de chalet ou éclatant de rire lors de parties de badminton avec sa mère qui, dans ces moments-là, sportive et détendue, était plus belle que jamais.

Une enfance aux allures de conte de fées pourtant marquée par la séparation de ses parents. Romy pense à son père à cet instant. Pourquoi n'est-il pas présent alors qu'elle a terriblement besoin de lui ? Cela fait déjà quatre ans que ses parents ont divorcé. Wolf Albach-Retty est tombé amoureux d'une autre actrice, autrichienne comme lui : Trude Marlen. Il a quitté le domicile familial pour vivre cette histoire d'amour au grand jour. « Je suis fait pour avoir des femmes et non pas des enfants », dira-t-il un jour à Romy.

Un petit signe de la main pendant que sœur Augustina lui intime l'ordre de la suivre. Romy regarde sa mère s'éloigner. Pendant longtemps, Magda courait de tournage en tournage et c'est Rosa, sa grand-mère, qui s'occupait d'elle et de son petit frère pendant ses absences. Magda s'en remet désormais au pensionnat. Ses liens avec le régime nazi l'ont marquée au fer rouge. Les rôles se font de plus en plus rares. Elle a besoin de l'aide des religieuses.

Pendant des mois, Romy l'attendra. Fixant l'horizon chaque fin de semaine de sa fenêtre ou sur le perron de l'internat, son rêve de retrouver sa mère s'est réalisé à peine quatre fois en quatre ans.

Magda n'apparaissait que pour disparaître aussitôt.

1953
Cologne

Romy, plus intimidée que jamais, fixe la caméra pour ses premiers essais. Comment et pourquoi a-t-elle accepté de se glisser dans la peau d'une comédienne, elle qui rêvait de consacrer sa vie au dessin ? Est-ce pour passer un peu plus de temps aux côtés de sa mère ? Avoir l'opportunité de vivre par procuration la vie que Magda a choisie ? Peut-être pour savoir si l'émotion ressentie sur un plateau de cinéma prévalait sur un moment avec ses enfants.

Le destin a offert un instant de répit à Magda. On lui a proposé le premier rôle du film *Lilas blancs*. Le réalisateur s'est mis en quête d'une jeune actrice pour jouer sa fille. Magda a glissé le nom de Romy à la production. Et tout s'est enchaîné. Un appel au chalet de Berchtesgaden, le trajet en train jusqu'à Cologne, et son arrivée sur ce tournage.

Sera-t-elle à la hauteur ? Elle n'a pas eu le temps de se préparer.

Pendant qu'elle lit ses répliques, Romy se laisse très vite griser par le jeu. Elle comprend ce que sa mère doit ressentir : entrer un instant dans la vie d'une autre. Oublier son existence et ses inquiétudes pour vivre un personnage que l'on ne sera jamais dans le monde réel.

Malgré sa timidité, on loue le naturel, la spontanéité et la photogénie de la jeune fille. Elle est immédiatement retenue.

C'est donc sur le plateau du film *Lilas blancs* que la silhouette de Romy s'imprime pour la première fois sur une pellicule de cinéma. Sous les traits de « Evchen Forster », quinze ans, cheveux châtains et visage enfantin.

Au moment d'inscrire son nom au générique, Romy emprunte le nom de jeune fille de sa mère. Le cinéma sera pour toujours lié à elle. Rosemarie Albach-Retty renaît sous le nom de Romy Schneider.

1955
Berlin

Quand va-t-elle pouvoir faire ce que bon lui semble ? Romy interpelle sa mère et son beau-père, Hans Herbert Blatzheim, qu'elle appelle « Daddy », un homme d'affaires propriétaire d'une chaîne allemande de restaurants. C'est lui qui s'occupe de l'argent gagné par Romy depuis que le cinéaste Ernst Marischka l'a propulsée au sommet.

Personnalité importante du monde de l'opérette, connu pour son film à gros budget sur le destin de la reine Victoria, il vient de faire revivre le mythe de l'impératrice Élisabeth d'Autriche avec Romy Schneider dans le rôle-titre. Robes bouffantes, décors en carton-pâte d'un empire fantasmé et histoire d'amour sont le cadre de *Sissi* qui donne à Romy en un seul film la reconnaissance et le succès dans toute l'Allemagne.

Magda a saisi l'occasion de ce tournage important pour s'imposer auprès de la production et jouer le rôle de la mère de Romy dans le film. Mère et fille continuent donc à former le même tandem sur grand écran. Le réalisateur ne tarde pas à décliner la formule magique en proposant à Romy plusieurs autres longs-métrages.

Et en coulisses, Magda décide de tout. Pour ce film et les suivants.

Du montant des contrats de sa fille, qu'elle négocie à prix d'or, comme de la couleur des tenues qu'elle doit porter devant les caméras pour telle ou telle interview. Mais aussi du choix de tous ses partenaires et de ceux qu'elle a le droit ou non d'embrasser. Tout est inscrit noir sur blanc. Jusqu'à exiger d'avoir elle-même un rôle au générique des films dans lesquels sa fille joue.

La recette fonctionne. Les spectateurs se pressent au cinéma, en Allemagne mais aussi dans toute l'Europe. Une star est née.

Magda peut se permettre de demander toujours plus d'argent à la production. C'est son nouvel époux qui place les gains à la banque. Sitôt placés, sitôt réinvestis dans l'un des nombreux restaurants de l'homme d'affaires.

Romy s'est permis, une ou deux fois, de demander quand elle pourrait profiter de tout cet argent. « À ta majorité ! », lui répète-t-on. Son beau-père sait clore le débat avec autorité. Romy a compris qu'elle n'en verrait jamais la couleur, les placements de son beau-père se révélant infructueux. À ses dix-huit ans, elle s'aperçoit que son compte en banque est vide.

1957
Schönau, Bavière

Dans le chalet familial de Schönau où ils sont retranchés, l'ambiance est électrique. En refusant de tourner dans le quatrième épisode de Sissi, Romy a tué la poule aux œufs d'or. Et pourtant, elle a tenu bon. À la fois pour arrêter la machine infernale mise en place par sa mère et son beau-père, mais aussi pour s'ôter « l'impression d'être une pâtisserie viennoise qu'on voulait croquer ».

Après trois films dans la peau d'Élisabeth d'Autriche, Romy a eu le courage de dire stop.

Le premier Sissi lui a donné son premier grand rôle au cinéma ; le deuxième lui a confirmé son immense notoriété. Et bien que le personnage commençât à lui peser, il n'était pas question de refuser un troisième opus, Magda s'y était opposée.

Désormais, Romy veut respirer, explorer d'autres territoires de jeu. Et s'est promis de ne pas vaciller malgré la colère de ce couple aux airs de Thénardier. Magda se voit ainsi privée des derniers rôles que l'Allemagne peut lui offrir. Sa colère est à la hauteur de sa surprise.

Les producteurs eux aussi sont furieux : comment Romy a-t-elle pu refuser un million de marks payés cash pour jouer Sissi une dernière fois ? La presse allemande s'en prend à elle, ses compatriotes renient leur créature. On dit même qu'elle mérite de finir à l'asile psychiatrique.

Romy n'a plus qu'une solution : s'enfuir. Fuir à Paris où un réalisateur dont elle n'a jamais entendu parler, Pierre Gaspard-Huit, lui propose le rôle principal de *Christine*. Ironie du sort, il s'agit d'un remake de *Liebelei* de Max Ophüls, film dans lequel le premier rôle, en 1933, était tenu par sa mère. Magda n'a d'autre choix qu'accepter. À la condition qu'elle l'accompagne.

Le réalisateur a déployé argent et tapis rouge pour faire venir Sissi à Paris. Il est même allé jusqu'à laisser à Romy le choix de son partenaire. La production a envoyé à Magda les clichés d'une dizaine de garçons repérés dans Paris. Aucun n'est acteur. L'un d'eux va pourtant le devenir. L'enveloppe est posée devant elles, mais Romy doit attendre l'autorisation de sa mère pour les regarder.

Elles feuillettent ensemble les portraits sur papier glacé. Romy ose à peine donner son avis quand Magda élimine un à un les prétendants pour le rôle. Puis, la jeune fille repère un jeune inconnu. Est-ce son regard clair qui attire son attention ? Ou le costume ayant appartenu à Gérard Philipe qu'il porte pour ces essais ?

Elle croise les doigts pour que l'index de sa mère ne s'oppose pas tout de suite à son choix. Et esquisse un sourire discret quand Magda donne enfin son assentiment. Son partenaire de jeu sera ce jeune homme du nom d'Alain Delon.

15 février 1958
Aéroport d'Orly

Les photographes ont l'autorisation de s'avancer au plus près de l'avion qui compte à son bord la plus grande star d'Europe afin de ne rien manquer du spectacle. La passerelle à peine déployée, tous tendent le cou et leurs appareils dans l'espoir de décrocher le meilleur cliché. Celui qui fera la une. Plus personne ne sent le froid de ce samedi de février qui les tenaille depuis des heures.

Soudain, elle apparaît à la porte de la carlingue, offrant au monde entier le sourire d'une jeune fille d'à peine vingt ans. Alors qu'elle descend les marches de la passerelle, fusent les premiers « Sissi ! ». Romy Schneider fait mine de ne pas les entendre. Elle n'a d'yeux que pour celui qui est venu l'attendre.

Au pied de la passerelle, Alain Delon a l'air emprunté dans son manteau gris chiné trop grand pour lui et sa cravate rayée nouée de travers. La production l'a affublé d'un bouquet de roses pour accueillir celle dont Walt Disney dit qu'elle est « la plus jolie jeune fille du monde ». À ses côtés, deux des comédiens du futur film, Jean-Claude Brialy et Sophie Grimaldi, qui scrutent celle qui vaut, leur a-t-on dit, quatre millions de marks.

C'est donc ce garçon aux cheveux trop bien coiffés pour dissimuler complètement la fougue que trahissent certains de ses gestes qu'elle devra embrasser dans quelques jours. Elle qui, petite, fermait les yeux chaque fois qu'elle regardait une scène d'amour au cinéma, se souvient soudain du premier baiser qu'elle a donné pour de vrai. C'était à Claus Biederstaedt, sur le tournage de l'un de ses premiers films, *Feu d'artifice*.

Alors que Romy prend docilement la pose devant les photographes, auréolée de la fourrure claire de son manteau, Magda prend soin de se placer dans le champ des clichés. Tel un chaperon, elle encadre sa fille, son large sourire laissant apparaître l'intégralité de ses gencives. Son mari, Hans Herbert Blatzheim, se tient silencieux dans son ombre.

Alors qu'Alain Delon lui remet l'immense bouquet dont il ne sait que faire mais qui lui donne néanmoins une contenance depuis plusieurs minutes, leurs regards se croisent à peine. Qui est cette jeune actrice à l'air bourgeois et au regard hautain qui, si jeune, a déjà tourné plus de dix films ?

Elle trouve cet accueil « de mauvais goût » et ce jeune homme finalement « sans intérêt ». Lui la trouve « à vomir ». Seul un grand amour pourra être à la hauteur d'une si grande déception.

Romy et Alain se retrouvent quelques jours plus tard sur le tournage de *Christine*. Alors qu'ils sont censés faire la démonstration d'un réel amour à l'écran, toute l'équipe fait les frais de leurs frictions. Les deux comédiens ne se supportent pas. Pire, ils s'ignorent. Combien de fois Sophie Grimaldi et Jean-Claude Brialy ont-ils tenté de les réconcilier ? L'alchimie qu'avait imaginée le réalisateur ne prend pas.

Après la distance, vient le tour des disputes. Entre deux prises, Alain s'amuse à faire enrager Romy en lui répétant à l'oreille la seule phrase d'allemand qu'il a apprise pour son arrivée,

« *Ich liebe dich*[1] ». Il se plaît à la faire sortir de ses gonds. Même si son apparence est trop bourgeoise pour lui, l'apprenti comédien qui a tout appris à l'école de la vie, les taches de rousseur de Romy trahissent une insolence à laquelle il n'est pas insensible.

Le jeune acteur prend, avec une aisance naturelle, la tête du groupe de comédiens et un malin plaisir à ignorer Romy chaque soir après le tournage. Leurs sourires complices lui donnent un goût amer de solitude. Et les rares fois où il lui propose de monter dans sa voiture, Romy est cantonnée à l'arrière. Il garde la place de devant, près de lui, pour y installer une danseuse qu'il espère séduire. Comme s'il se plaisait à la rendre jalouse.

Romy se sent seule. L'image de Sissi lui colle à la peau. Celle d'une princesse un peu naïve dans ses robes à crinoline. Pour l'Europe entière, elle est l'impératrice. Et pour ces comédiens français, dont Alain Delon, elle n'est que Sissi. Elle ne supporte plus d'entendre ce prénom. Si elle est venue en France, c'est justement pour le fuir. Et elle n'a pas l'intention de laisser ce garçon mal élevé la réduire sans cesse à ce rôle.

1. « Je t'aime. »

1958
Festival mondial du film, Bruxelles

C'est le soir de l'avant-première du film que tout bascule, lors de la réception donnée dans l'un des nombreux restaurants dont le beau-père de Romy est gérant. Bien qu'elle ne supporte ni l'homme ni tout ce à quoi il est associé, la jeune fille est détendue.

Est-ce le champagne qu'elle a bu pour fêter l'événement ? Quand Alain s'approche d'elle pour l'inviter à danser, elle hésite à peine quelques secondes avant d'accepter. À l'instant où il lui prend la main, toute la scène derrière eux devient floue. Les lumières des lustres qui virevoltent, les nappes blanches devant lesquelles elle défile. Elle ne voit plus que le regard bleu de son cavalier, son sourire et ses bras qui l'enlacent. Elle ferme les yeux, souhaite que ce moment ne s'arrête jamais.

C'est le regard de sa mère qui la fait soudain sortir de sa rêverie. Magda redoute une idylle, et encore plus avec ce garçon qu'elle considère comme « un galopin ». Romy retourne alors s'asseoir à sa table, celle attribuée à l'équipe allemande. Mais au bout de quelques secondes, elle demande la permission de rejoindre la table des Français. Magda refuse tout net. Son époux renchérit en écho.

Pourtant, quand Alain lui fait un énième signe pour lui demander de le rejoindre, Romy se lève, prenant soin de soutenir le regard de Magda, comme un défi qu'elle lui lance. Soulevant sa robe pour ne pas tomber, un immense sourire aux lèvres, elle traverse la salle de restaurant avec la sensation de franchir une ligne rouge, pour aller s'asseoir à côté de celui qui, à partir de ce jour-là, va devenir le grand amour de sa vie.

1958
Aéroport d'Orly

Romy descend sur le tarmac d'Orly. Mais cette fois-ci c'est à son tour d'attendre Alain, de faire les cent pas, le cœur fébrile. La suite du tournage de *Christine* a été leur lune de miel, pour le plus grand plaisir du réalisateur. Ils ont tourné les dernières scènes à Vienne. Les disputes ont cédé la place à une complicité naissante qui chaque jour éloigne un peu plus Romy du carcan construit par sa mère.

Magda voit sa fille lui échapper. Romy, elle, goûte à la liberté, bien qu'elle ne parle pas un mot de français et Alain à peine quelques phrases d'allemand. Mais rien ne peut l'empêcher de rêver. Elle profite de chaque minute à ses côtés. Le rejoint le cœur battant chaque matin sur le plateau et attend avec impatience la fin d'une prise pour s'échapper avec lui. Elle commence à imaginer sa vie avec Alain. Pourquoi pas en France ? L'Allemagne lui paraît si loin. Une arrière-cour pourrait suffire à son bonheur, se plaît-elle à rêver.

La fin du tournage la ramène à la réalité. Après les dernières prises, viennent les derniers instants avec le garçon dont elle est amoureuse. Elle se rappelle leur baiser à l'aéroport de Vienne. Pas un seul mais des milliers. L'avion qui s'éloigne. Le visage d'Alain derrière le hublot. Et elle qui rentre à l'hôtel, accompagnée de sa mère. Avec cette peur de ne plus jamais le revoir. De passer à côté de sa vie.

À peine arrivée à la réception de l'hôtel Sacher, elle découvre une enveloppe laissée à son intention. Une écriture masculine qu'elle dévore à toute vitesse, des mots d'amour signés de lui. Une déclaration qu'elle n'attendait plus. Le désir irrépressible de le rejoindre envers et contre tout l'assaille. N'importe où et tout de suite. Pourvu qu'il l'attende. Pourvu qu'elle puisse s'échapper seule.

Elle décide, alors même qu'elle doit rentrer en Allemagne avant le tournage de son prochain film, sans rien dire à personne – et surtout pas à Magda, qui le lui reprochera longtemps –, d'acheter un billet d'avion pour Paris. D'Orly, elle appelle Alain. À son tour de l'attendre. Là où, pour la première fois, elle avait croisé son regard bleu.

29 mai 1982
11, rue Barbet-de-Jouy, Paris

Au fil des heures, ils se pressent à son domicile. Les premiers visiteurs se retrouvent spontanément, puis une organisation est rapidement mise en place devant l'afflux désordonné des arrivées. Certains n'étaient jamais venus auparavant, d'autres connaissent par cœur le chemin, frappent légèrement à la porte pour signaler leur arrivée et entrer à pas feutrés. Comme pour éviter de la réveiller.

Les silhouettes sont interchangeables. Telles des statuettes sculptées par Alberto Giacometti, elles semblent figées tout en étant en mouvement constant.

Mais l'une d'entre elles ne ressemble à aucune autre.

Ils se sont tous écartés lorsqu'elle est apparue. La femme qui s'avance dans le salon de l'appartement parisien où Romy repose emporte tout sur son passage, les pensées comme les silences, distillant derrière elle les effluves d'un parfum comme seules en portaient les stars du cinéma muet. Une fragrance surannée.

Magda Schneider vient se recueillir au chevet de sa fille.

Mis à part la rigidité de sa mise en plis et le pincement de ses lèvres, elle n'a plus rien de la comédienne qu'elle était au firmament de sa carrière, dans le rôle de la duchesse Ludovica de Bavière, la mère de Sissi ou sur la scène du théâtre de Munich, lorsqu'elle saluait, après la représentation, en robe de soirée et manteau de fourrure, de nombreuses personnalités, dont un certain Adolf Hitler, venues l'applaudir.

Magda Schneider, actrice vénérée du Tout-Berlin des années 1930, a fait le voyage depuis l'Allemagne jusqu'à Paris. Elle fait son entrée en fin de journée, à l'heure où les individus ne sont que des ombres, le plus discrètement possible.

Après avoir embrassé Alain Delon comme s'il était son fils, elle vient près d'elle, sa fille, se penchant au-dessus de son visage comme une mère veillant son enfant. Cette mère qu'elle a rarement été. En larmes.

Magda n'est pas venue seule. Elle est accompagnée de Wolf-Dieter, le frère de Romy. Son petit frère. Celui que Romy a toujours appelé « Wolfi », avec qui elle a partagé les chagrins de l'enfance, les absences de leur mère qui s'échappait de tournage en tournage, le départ de leur père pour rejoindre une autre femme, ses premiers bonheurs de comédienne et les plus grands drames de sa vie personnelle. Il a toujours répondu présent. N'hésitant jamais à venir la soutenir dans les moments où tenir debout était une épreuve qu'elle pensait insurmontable.

Ce soir, la peine de « Wolfi » est immense. Lui le chirurgien dont la mission est de sauver des vies n'aura pas réussi à sauver celle de sa sœur.

Alors qu'elle l'enlace maintenant qu'elle est morte, Romy pourrait se demander combien de fois sa mère a accompli ce geste depuis son enfance. Chercher aux confins de sa mémoire ne sert plus à rien, mieux vaut garder les souvenirs heureux, l'odeur de ses toilettes ou de sa peau contre son visage lorsqu'elle l'embrassait pour lui dire au revoir, de son parfum lorsqu'elle sortait de scène ou lorsqu'elle rentrait de tournage, après ces longues heures où Romy patientait en espérant son retour.

Cela paraît si simple finalement, une famille réunie pour des adieux. Combien de fois Romy a-t-elle rêvé de voir cette image en négatif, pour fêter un anniversaire ou un succès. La mort les convie ce soir tous les trois. Ne manque que son père. Cet homme qui a traversé sa vie sans jamais s'arrêter près d'elle. Et qui est décédé sans jamais avoir pris le temps de l'écouter.

Et si c'était lui l'homme de sa vie, ce comédien séducteur et séduisant à l'élégance autrichienne, sur lequel toutes les femmes se retournaient, qui a quitté le domicile familial sans un regret, sans jamais chercher à la retrouver ?

C'est son nom qu'elle porte depuis sa naissance et qu'elle a choisi de conserver dans la vie civile. Et c'est celui qui sera donc gravé sur sa tombe : Albach. Alors que toute sa vie, elle a marché malgré elle sur les traces de sa mère, le nom de Schneider lui apportant succès, fierté, et à certains moments une honte qu'elle a eu du mal à assumer.

Cette mère présente à chaque instant de sa vie professionnelle comme de sa vie privée. Le premier témoin. Celui des débuts devant les caméras de cinéma et de télévision. Un chaperon porte-bonheur qui deviendra maléfique.

Romy pourra-t-elle un jour leur pardonner ?

22 mars 1959
Vico Morcote, Suisse

Le décor ne saurait être plus enchanteur, dans cette villa suisse de Vico Morcote, un village aux tuiles roses sur les bords du lac de Lugano. Tout a été orchestré par Magda et Hans. Le couple veille à la réputation de Romy et cette aventure avec le jeune Alain Delon ne les réjouit pas. Ils l'ont avertie la veille que les fiançailles auraient lieu devant la presse.

À la surprise de Romy, Alain se prête au jeu. Elle est en robe champagne, lui en complet gris. Ils accueillent les nombreux reporters ayant répondu à l'invitation. Ils ont l'air plus heureux que jamais au moment où ils posent pour les photographes, une coupe de cristal à la main dans laquelle ils ont bu ensemble.

Les flashs fusent. Alain passe une bague au doigt de Romy.

Les fiançailles sont scellées. Pourtant Magda ne peut s'empêcher de préciser que « de mariage, il n'est provisoirement pas question ». Et qu'elle prédit au jeune couple « l'avenir le plus noir », avant de tempérer : « Mais après tout, on ne sait jamais, ils peuvent aussi être très heureux. »

Dans la bouche de Magda, cet avertissement sonne comme une malédiction.

1961
Théâtre de Paris

C'est le soir de la première. Romy est si nerveuse qu'elle ne souhaite pas savoir qui s'installe dans la salle pendant qu'elle tremble derrière le rideau. Mais quelqu'un dévoile les noms, à mesure qu'ils prennent place sous les dorures du Théâtre de Paris : Michèle Morgan, Ingrid Bergman, Jean Cocteau ou encore Jean Marais. Sa mère et son frère ont également fait le voyage.

Après le tournage de *Christine*, Romy a tout quitté pour Alain Delon, son pays, sa famille, et une véritable renommée en Europe. Même si c'était le choix de la liberté, elle s'est vite rendu compte que, à la suite de Pierre Gaspard-Huit, aucun autre cinéaste français ne lui proposait de rôle. Les uns n'arrivaient pas à l'imaginer autrement qu'en princesse. Pour les autres, elle ne parlait pas encore assez bien la langue.

C'est alors que Visconti lui a tendu la main. Il a été le premier à croire en elle, à l'imaginer sur les planches, aux côtés d'Alain, dans *Dommage qu'elle soit une p...* Le travail sur cette pièce de John Ford a ressemblé à un chemin de croix. Romy ne pensait pas y arriver. Luchino lui a fait répéter, des heures durant, la prononciation de chaque mot, jusqu'à gommer presque entièrement son accent allemand. Plusieurs fois, elle est tombée sur scène, épuisée.

Un soir de répétitions, terrassée par la douleur, elle n'a pas pu se relever. Une crise d'appendicite a été diagnostiquée. Elle a été hospitalisée plusieurs jours. Alors que tout Paris bruissait de rumeurs sur une éventuelle annulation de la pièce, elle s'est promis de relever le défi de celui qui va bientôt devenir son maître. Pour Luchino Visconti, mais aussi pour son amour et son partenaire de jeu, Alain Delon.

Le ventre sanglé d'un bandage, elle entre sur scène, craint pendant toute la durée de la représentation une catastrophe. Mais la première est un triomphe. Tous défilent dans sa loge pour la féliciter. Le plus beau compliment vient d'Alain qui proclame devant l'assistance : « Romy est la reine de Paris, ma reine. » Qui peut deviner alors que ce moment de grande fierté va aussi marquer le début de son cauchemar amoureux ?

7 mai 1962
Festival de Cannes

La voiture décapotable file sur la Croisette à une allure telle que Romy a peur que son chapeau blanc bordé d'un ruban noir ne s'envole. Assise à l'arrière, elle partage la banquette avec Sophia Loren, avec qui elle est à l'affiche de *Boccace 70*. Au milieu trône son compagnon, Alain Delon, étoile montante du cinéma. L'immense sourire de Sophia Loren s'accorde avec celui d'Alain. Le public exulte. Romy se sent transparente.

Alors qu'elle tente d'agiter la main pour saluer les passants, ce qu'elle pressentait se réalise : tous les photographes et journalistes qui les poursuivent n'ont d'yeux que pour Alain. Sa beauté, son aisance et son charisme agissent comme des aimants. Romy se rend à l'évidence, les projecteurs de ce quinzième Festival de Cannes ne sont pas braqués sur elle, mais sur lui. Elle n'y a pas sa place.

L'événement s'annonçait pourtant sous les meilleurs auspices. Plusieurs critiques de cinéma avaient souhaité les interroger tous les deux, elle pour *Boccace 70*, réalisé par plusieurs grands noms du cinéma italien dont Federico Fellini et Luchino Visconti, Alain pour *L'Éclipse* signé Michelangelo Antonioni.

Ils ont chacun un film à défendre et des choses à dire sur leurs rôles respectifs. Mais rien ne se passe comme prévu quand commence l'interview réalisée par le renommé journaliste de cinéma François Chalais. Les premières questions s'adressent à Alain. Les suivantes également. On l'interroge sur sa barbe naissante pour un rôle, celui qu'il s'apprête à jouer dans *Le Guépard* de Visconti.

Pendant ce temps, Romy se donne une contenance. Joue machinalement avec ses lunettes de soleil. Lève les yeux au ciel que cache son grand chapeau clair. Ou fixe l'horizon, le regard dans le vague, espérant être sortie de sa rêverie par une question qui ne vient pas. Elle ne se sent une nouvelle fois pas à sa place, avec son grand collier de perles qui ne lui ressemble pas. Romy reste confinée dans le rôle de la muette.

C'est Alain qui vient à son secours en tentant d'attirer l'attention sur elle. Alors qu'il annonce son départ prochain en Sicile avec Burt Lancaster et Claudia Cardinale, il enchaîne sur les prochains projets de Romy, et notamment *Le Procès* dans lequel Orson Welles vient de lui proposer un rôle. Mais le journaliste ne s'y intéresse pas. Il ponctue l'interview par un « Au revoir, Sissi, au revoir, Alain Delon ».

Ce fossé qui s'installe entre eux consume inexorablement leur amour. Le temps où ils s'affichaient heureux et complices à la une des magazines s'est éloigné. Romy en conserve le souvenir. Ses yeux plantés dans les siens, Alain l'entourant de ses bras, l'embrassant, elle à califourchon sur ses épaules à la campagne, ou posant en Allemagne devant le chalet de son enfance avec Magda en arrière-plan.

Ces moments de bonheur où son cœur vibrait lorsqu'elle entendait sa voix au téléphone. Il la surprenait en plein essayage d'une tenue pour un film ou chez le coiffeur. Il savait toujours où la trouver. Elle en ressentait un bonheur infini qui la faisait souvent rougir lorsqu'on lui tendait le combiné en disant : « M. Delon pour vous. »

Ils ont construit un amour si fort qu'elle pensait qu'il résisterait contre vents et marées. Qu'en reste-t-il aujourd'hui ?

Novembre 1963
Beverly Hills

Romy regarde tout ce luxe qui l'entoure. La maison dans laquelle elle réside ne lui ressemble en rien. Depuis Sunset Boulevard, elle surplombe Beverly Hills. La jeune femme est fatiguée, elle pense à Alain et traque dans les journaux la moindre photographie de lui.

L'Amérique n'est pas restée longtemps insensible au charme de Romy. Après son rôle dans *Le Procès* d'Orson Welles, elle a signé un contrat de sept ans avec la Columbia et tourne *Les Vainqueurs*, *Le Cardinal* et *Prête-moi ton mari*. Elle travaille sous la direction d'Otto Preminger, donne la réplique à Jack Lemmon, accède à une renommée internationale, mais elle n'est pas dupe de l'hypocrisie de ce monde hollywoodien.

Dans la presse française, elle trouve finalement une preuve pour justifier son angoisse : une photo d'Alain en charmante compagnie. Il est assis avec une femme sur ses genoux. Il a l'air heureux. Un cliché simple qui cristallise pourtant toutes ses craintes. Romy n'a plus qu'une seule idée en tête : le retrouver.

Décembre 1963
22, avenue de Messine, Paris

Rompant son contrat avec la Columbia, Romy revient des États-Unis et se précipite dans leur hôtel particulier du XVIe arrondissement. Elle trouve un bouquet de roses rouges et une lettre signée d'Alain. Ce n'est pas un mot d'amour comme il lui en laissait parfois. Mais la rupture de leur histoire d'amour.

Un gouffre s'ouvre sous ses pieds. Alain a rejoint Nathalie, la comédienne aperçue sur la photo parue dans la presse. Les doutes que Romy avait sont donc fondés.

Elle s'effondre en larmes, des pleurs qui ne s'arrêtent pas. Son obsession est de le retrouver. Les jours suivants, elle le cherche partout dans Paris, lui laisse des petits mots sur le pare-brise de sa voiture, sachant pertinemment qu'il est à l'étranger.

Romy est anéantie. Il était son point de repère. Que va-t-elle devenir sans lui ? Elle n'est plus que l'ombre de cet amour qui aura duré un peu plus de cinq ans, une vie entière pour la jeune Romy. Une vie brisée.

12, avenue Montaigne, Paris

Au sommet de sa peine, c'est auprès de Marlene Dietrich que Romy vient chercher du réconfort. L'appartement, au quatrième étage du 12, avenue Montaigne, est déjà noyé dans les volutes de fumée lorsqu'elle entre. Elle se dirige directement vers l'un des fauteuils du salon. Tous les miroirs ont depuis longtemps été retirés de cet appartement, la star allemande ne souhaitant pas y croiser son reflet.

Tout près de Marlene Dietrich, son téléphone blanc en bakélite dont elle a demandé à son ami et secrétaire, Louis Bozon, de le recouvrir d'une peinture phosphorescente afin de le voir même la nuit. Un appareil avec plusieurs touches dont elle seule a le secret et qui lui permet de joindre le monde entier des heures entières depuis son lit. Ses notes de téléphone sont faramineuses. C'est l'un de ses luxes.

Romy et Marlene sont face à face. C'est le casting idéal d'un film jamais tourné. Il n'est cependant pas question de cinéma, mais du réel et des chagrins qu'il impose. À chaque blessure, c'est vers Marlene que Romy se tourne, mère de substitution ne faisant pourtant en apparence preuve d'aucune tendresse.

Elle lui rappelle Magda : la distance qu'imposent le statut de comédienne, une droiture très allemande et aucune démonstration de sentiments. Les deux comédiennes aiment parler dans leur langue et se rappeler ce pays qu'elles ont quitté à contrecœur. Marlene pour y fuir le nazisme, Romy pour échapper à Sissi et au carcan familial.

Elles partagent leurs errances, leurs chagrins, leur exil. Mais aujourd'hui, il n'est question que d'Alain. Sans lui, la vie de Romy à Paris n'a plus aucun sens. Les sanglots étouffent sa voix.

Au 12, avenue Montaigne où s'est retranchée la star allemande, Romy raconte sa solitude, ses journées entières passées loin de lui à attendre un rôle, alors que lui est courtisé par les plus grands réalisateurs. C'est grâce à elle qu'il avait fait sa première apparition au cinéma et un effet de vases communicants inversait désormais leurs destins. Ce cinéma dont Romy avait rêvé pour eux l'avait éloigné d'elle.

Elle attend avec avidité ses conseils, mais Marlene se contente de l'écouter. Qui peut se prétendre d'aucun secours en cas de chagrin d'amour ?

Juillet 1964
Viaduc de Garabit, Cantal

Est-ce pour attirer son attention qu'elle fait un énième caprice ? La scène qu'Henri-Georges Clouzot lui fait tourner aujourd'hui sur le décor du lac pose problème. Romy doit faire un passage à ski nautique en maillot une pièce, filmé en noir et blanc, puis revêtir un deux-pièces pour la version couleur. Mais cette fois-ci, elle refuse tout net.

Romy ne sait pas nager. Elle a plusieurs fois surmonté sa peur, mais ces allers-retours à ski nautique l'épuisent. Quand elle tombe à l'eau, c'est chaque fois un effort qu'elle pense insurmontable.

Les équipes du directeur photo, Claude Renoir, attendent en silence sous le viaduc de Garabit construit par Gustave Eiffel. Mais Romy persiste. Elle ne jouera pas. Elle vient de refaire la scène plusieurs fois, sans rien dire, et cela dans trois langues différentes pour les versions française, anglaise et italienne. Elle exige de parler au maître.

Henri-Georges Clouzot est un immense réalisateur. Romy a vu *Les Diaboliques* ainsi que *Quai des Orfèvres* et elle admire tous ses films. Mais le tournage de *L'Enfer* est trop difficile. Fantasme ambitieux mettant en scène Serge Reggiani en mari jaloux, la plupart des scènes sont tournées une première fois en noir et blanc et rejouées en couleur afin de transmettre au spectateur la jalousie ressentie par le personnage quand il imagine que sa femme le trompe.

Les comédiens se prêtent au jeu, mais le tournage se révèle de jour en jour plus fatigant. Ils sont plus de cent cinquante techniciens à s'activer comme des abeilles, de jour comme de nuit, et cela sur trois plateaux différents, obéissant aux ordres d'un réalisateur d'heure en heure plus exigeant qui veut faire de *L'Enfer* son prochain succès.

Romy n'a que vingt-six ans, mais elle refuse d'être l'objet d'un réalisateur sans limites. Elle a jusqu'à présent tout accepté. Notamment les essais dans les studios de Boulogne-Billancourt, qui l'ont épuisée avant même le début du tournage. Ce lieu où le génie de Clouzot s'est exprimé avec ce que Reggiani appelle les « instruments de torture », que le réalisateur a fait fabriquer sur mesure pour illustrer les visions de son personnage principal.

Des installations aux dimensions pharaoniques. Comme cette grande roue lumineuse actionnée par des techniciens sur laquelle les comédiens doivent suivre du regard, sans bouger la tête, un point lumineux au loin, en faisant simplement rouler leurs yeux. Clouzot a choisi un terme plus poétique – l'Héliophore – pour désigner ce système d'éclairage. Le cinéaste a eu le génie de mettre en pratique les débuts des effets cinétiques. Filmer leurs effets sur les yeux l'envoûte.

Sur les visages, il projette en couleur les fantasmes et les peurs du personnage joué par Serge Reggiani. Sur le corps de Romy aussi, qu'il filme jusqu'à l'obsession. Combien d'heures passe-t-il sur le gros plan de sa bouche parfois peinte en bleue ? Romy ne supporte déjà plus de devoir mouvoir sa langue devant sa caméra. Elle devient un objet de fascination pour un homme que l'on dit au bord de la dépression.

Le tournage en plein air et en plein soleil sous le viaduc de Garabit ne fait, depuis quelques jours, qu'accentuer ses angoisses. Des bouffées délirantes qui le réveillent même la nuit. Ses allées et venues font claquer la porte de sa chambre d'hôtel. Capable de mobiliser ses équipes à toute heure pour le moindre changement de mot, il réécrit sans cesse le scénario. Si bien que Romy ne sait jamais, chaque matin, ce qu'elle doit jouer.

Les techniciens fuient le plateau en douce le dimanche pour ne pas être rattrapés par ses coups de sang. Le reste du temps, tous le regardent zigzaguer entre les trois plateaux, conduit par son chauffeur. Très organisé, il a pris soin d'installer une clochette sous la caméra de chacun des lieux afin que, dès qu'il part de l'un, les équipes d'un autre soient prévenues de son arrivée imminente et se mettent en place, prêtes à tourner.

Rien ne le calme, rien ne l'apaise. Est-ce la folie du personnage de Reggiani qui se répercute sur ses visions hallucinatoires, ou est-ce que ce sont ses névroses intérieures que Clouzot projette sur la pellicule ? Ce film au titre prophétique est devenu un enfer pour les comédiens dans ce huis clos du centre de la France où ils se sentent coupés du monde, à la merci d'un savant fou.

Romy a, au départ, pris le parti de se laisser guider. De se laisser transformer en femme provocante et sexy, jusqu'à tourner seins nus alors que son contrat le lui interdisait. C'est, après tout, une nouvelle image d'elle qu'elle souhaite afficher.

Elle accepte d'être ligotée sur des rails de chemin de fer. Et même de se glisser dans un cercueil en plexiglas, de s'enduire de poudre pailletée et d'huile d'olive afin que son corps, tout en brillance, réfléchisse en kaléidoscope les tourments d'un homme amoureux et jaloux à l'extrême. Mais elle ne peut désormais s'empêcher de se demander si elle n'est pas devenue l'objet des fantasmes du cinéaste.

Ce jour-là, elle refuse subitement de changer de maillot de bain et de rejouer une énième scène de *L'Enfer*. Et quand le réalisateur daigne enfin venir la voir pour comprendre ce qui se passe et lui demande de retourner immédiatement sur le plateau, elle se permet de lui jeter au visage un « Tu m'emmerdes ! ». Avant de se réfugier dans sa loge, menaçant de quitter le tournage et de rentrer à Paris.

Ils défilent un par un devant sa porte pour tenter de la faire revenir sur le plateau, tels des émissaires. Henri-Georges Clouzot n'a pas de temps à perdre et encore moins à cause des caprices d'une jeune femme qu'il considère comme une adolescente. Il a un film à terminer. C'est du moins la version qu'il aime afficher face à l'équipe.

En réalité, que son actrice principale mette en péril son œuvre et qu'elle puisse ne jamais réapparaître dans le champ de sa caméra le rend fou. Clouzot serait-il amoureux d'elle ? Comment expliquer, sinon, qu'elle est de presque tous les plans du film ?

Pourquoi la filmer de manière aussi charnelle ? Pourquoi Henri-Georges Clouzot fait-il en sorte qu'elle soit toujours auprès de lui ? Pourquoi se plaît-il à éloigner de façon presque jalouse Reggiani du couple créateur-créature qu'il forme avec elle ? Et enfin, pourquoi son épouse, Inès, est-elle interdite de plateau, intimée de rester à l'hôtel ?

Romy n'a pas le temps de s'interroger. Serge Reggiani tombe subitement malade. Elle l'envie, d'une certaine façon. Son corps a sans doute somatisé la souffrance partagée par l'ensemble des comédiens. Son départ l'éloigne pour toujours des studios de cinéma. Alors Romy décide, elle aussi, de quitter le tournage.

C'est Clouzot qui parvient à la convaincre de rester. Il finit par faire lui-même le chemin jusqu'à sa caravane. Que lui dit-il ? Que sans elle, le film n'a plus lieu d'être ? Qu'elle n'est pas remplaçable ? Il souhaite lui présenter son nouveau partenaire, le comédien Jean-Louis Trintignant, venu remplacer Serge Reggiani au pied levé.

Romy remet le nez dehors, par curiosité, mais aussi parce qu'elle souhaite aller au bout de ce projet. Elle fait quelques essais avec Trintignant. Ils n'ont pas beaucoup de temps pour échanger. L'homme est d'une élégance folle. Discret et consciencieux. Et avant même qu'ils apparaissent devant la caméra du réalisateur, celui-ci fait un infarctus. Le tournage est interrompu. Entre stupeur et soulagement. Romy quitte le Cantal sur-le-champ.

De ce tournage, resteront quatre cent vingt-cinq bobines. Il faudra attendre quarante-cinq ans et le travail de Serge Bromberg pour les découvrir. Le film de Clouzot ne sortira pas au cinéma et le réalisateur, affaibli, ne tournera plus aucun film.

Sur le chemin du retour, Romy repense à ce moment où Reggiani, juste avant son départ du tournage, lui avait demandé de lui apporter une photo d'elle petite ; ce qu'elle avait fait. En réalité, il souhaitait découvrir son « visage d'enfant », elle avait pris l'expression au pied de la lettre en lui apportant une photo de petite taille. Avant de se sentir complètement ridicule. Ils avaient tellement ri ! C'est ce souvenir qu'elle souhaite garder de *L'Enfer*.

1er avril 1965
Berlin

Romy s'empare d'une coupe de champagne pour se donner une contenance et se faufile au milieu de personnalités hétéroclites, entre hommes d'affaires et artistes. Tout ce que Berlin compte de célébrités a été convié par le mari de Magda à l'inauguration de son dernier restaurant. Il a toujours l'espoir de devenir le premier magnat allemand.

Ce restaurateur de Cologne aime se faire appeler « HHB », comme s'il était président des États-Unis ou « Daddy » par Romy et son frère Wolf, depuis qu'ils sont tout petits. Son mariage avec Magda Schneider a été pour lui une porte d'entrée dans le milieu du cinéma, lui permettant de côtoyer, un œillet rouge à la boutonnière, de nombreux artistes dans les coulisses des tournages.

Pour son cinquantième anniversaire, il y a une dizaine d'années, il a fait publier un supplément au journal de son entreprise uniquement constitué de photos de lui, enfant en costume de marin, posant en smoking lors d'une soirée, allure décontractée devant une voiture de sport ou encore dans un bateau de course.

Hans Herbert Blatzheim aime se montrer séducteur et conquérant. Pour cette soirée et ses rêves de grandeur, il a mis les petits plats dans les grands. Il a tenu à ce que Romy soit là. Elle sait qu'elle apparaît comme un trophée, comme elle l'a toujours été. Une star de cinéma que l'on souhaite approcher.

Elle le fait pour sa mère ; elle n'a jamais pardonné à son beau-père d'avoir dilapidé son argent. Romy retrouve l'Allemagne. Elle s'était pourtant juré qu'elle n'y remettrait pas les pieds de sitôt, la blessure Sissi est encore trop vive. Elle a suivi les conseils de sa mère et s'est laissé entraîner à ce cocktail mondain. Elle n'a rien à y faire. Mais tous sont, selon Magda, si heureux de la voir et de l'embrasser.

Romy avance parmi les invités. Un homme attire son attention. Peut-être est-ce son allure qui détonne dans le décor ? Une élégance et un côté intellectuel, souligné par des lunettes sévères, à côté desquels il est difficile de passer dans ce restaurant bondé.

Harry Meyen, auteur et dramaturge. Un homme qui n'a en apparence pas grand-chose en commun avec elle, à part son amour du théâtre. Ce soir-là, Romy rencontre pourtant, une nouvelle fois sous le regard de sa mère, le deuxième homme qui va compter dans sa vie.

Dans l'Europa-Center de Berlin-Ouest, Romy ne voit que lui, cet homme qui, au premier abord, n'a rien de séduisant, mais qui la charme par son charisme. Elle a le coup de foudre pour un homme qui est l'exact opposé d'Alain Delon. Un être introverti et solitaire. Harry Meyen est néanmoins connu du Tout-Berlin. C'est un intellectuel qui compte. Et le monde dans lequel il évolue attire Romy.

C'est le charisme de l'homme de théâtre qui ce soir la séduit.

Mai 1965
Berlin

Ils se retrouvent pour dîner. Entre Romy et Harry, l'attirance est réciproque et immédiate. Elle a même décidé de rester à Berlin, espérant le revoir. De rendez-vous en dîners, la jeune actrice se rend compte qu'elle ne peut plus vivre sans lui. Cet homme la fascine.

Un seul problème leur fait face : Harry Meyen est séparé, mais pas encore divorcé. Romy ne veut pas laisser passer cette chance d'être une nouvelle fois heureuse.

Harry ne dispose pas de l'argent nécessaire pour divorcer. Romy n'hésite pas, cet homme lui plaît, il lui a été présenté par sa mère, ils parlent la même langue, et il ne peut que lui apporter calme et apaisement après une rupture douloureuse. Pour pouvoir l'épouser, elle propose de payer son divorce. Ses cachets d'actrice lui permettront de la mener à l'autel pour la première fois de sa vie.

15 juillet 1966
Saint-Jean-Cap-Ferrat

C'est une belle journée d'été. Le décor est tel qu'elle l'a toujours rêvé, au bord de cette Méditerranée qu'elle a découverte au fil de ses voyages. Elle a souhaité faire coïncider son mariage avec un tournage dans le sud de la France. Pour son union avec un Allemand, elle a choisi son pays d'adoption, entourée de son frère et de quelques proches. Saint-Jean-Cap-Ferrat avec vue sur la mer.

De l'hôtel du cap d'Antibes où ils résident, ils sortent séparément pour éviter la meute de photographes qui les attend depuis des heures. La cérémonie à la mairie dure moins de cinq minutes, presque autant que celle qui unit, à vingt-quatre heures d'écart, Brigitte Bardot à Gunther Sachs à Las Vegas. Deux comédiennes éprises chacune d'un Allemand. Deux femmes amoureuses de l'Amour.

À part son frère et quelques proches, peu de personnes sont auprès de Romy pour partager son bonheur et sa fierté de devenir ce jour-là Mme Haubenstock, le véritable nom de Harry Meyen. Mais peu lui importe.

La cérémonie à peine terminée, Romy file pourtant. Elle est attendue à Nice pour la suite d'un tournage aux studios de la Victorine, mais de nombreux photographes l'ont devancée. Ils font le siège depuis des heures quand elle arrive, ils se battent littéralement pour obtenir un cliché. La police a été appelée.

Romy est dépassée. Pour acheter un brin de tranquillité, elle consent à offrir deux minutes de pose devant les objectifs en échange de leur départ. Ils acceptent le pacte. Elle s'efforce de jouer la starlette souriante alors qu'elle a la nausée.

La production a organisé une petite réception en son honneur autour d'une coupe de champagne, mais cette nouvelle intrusion de la presse dans sa vie – alors qu'elle a veillé à ne pas dévoiler ce mariage secret – réussit à lui gâcher la fête. Romy se sent agressée. Les photographes ont l'air de vautours menaçants prêts à tout pour capturer des miettes de son intimité.

La seule chose qui la console et qu'elle garde encore pour elle, c'est le secret qu'elle dissimule sous sa robe en piqué blanc, les signes d'un heureux événement. Son avenir s'annonce radieux, tant sur le plan intime qu'artistique. Romy pose enfin les fondations de ce qu'elle pense être nécessaire à son équilibre. Une maison en Allemagne, un mari et bientôt un enfant. Une vie de famille comme elle en a souvent rêvé.

Été 1968
Berlin

À travers la fenêtre, Romy observe l'alignement des maisons de Grunewald, ce quartier cossu et résidentiel de Berlin où elle réside avec Harry. Elle devrait être heureuse de cette vie paisible. Les signes du bonheur sont sous ses yeux. Les arbres qui l'entourent lui rappellent des souvenirs heureux de son enfance à la campagne. Et il y a désormais son fils qui, à cet instant, trépigne pour qu'elle le prenne dans ses bras.

Du dos de la main, Romy fait virevolter dans la lumière de la pièce de fines particules de poussière qui recouvraient un cadre photo.

Apparaît alors le profil de Harry et une silhouette, la sienne, dans une robe de mariée blanche. Elle se trouve belle. Son visage lumineux portait tous les espoirs et tous les rêves qu'elle pensait possibles alors.

Mais les apparences sont trompeuses. La jeune femme souriante qu'elle tente d'être pour son mari et leurs amis, pour son fils David aussi, ne l'est pas tant que ça. Elle essaie de se persuader que cette existence de mère de famille, alors qu'elle a à peine trente ans, est ce qu'elle doit vivre. Après sa rupture avec Alain Delon, elle a souhaité tourner la page, faire une croix sur Paris et retrouver un peu de sérénité.

C'est pourtant lui qu'elle rêvait d'épouser. Elle a tant de fois imaginé sa vie avec Alain, les films qu'ils auraient tournés ensemble, les ovations à Cannes, mais aussi leur quotidien à Paris, les dîners en amoureux, les voyages à Rome pour rendre visite à leur ami Luchino Visconti.

En voyant son fils de vingt mois marcher devant elle, elle imagine celui qu'elle aurait peut-être eu avec Alain. Mais il en a décidé autrement. Avec Harry, elle s'est inventé une vie parfaite. À une exception près : le cinéma l'a oubliée.

David grimpe sur le cheval à bascule. Cette petite tête blonde la comble de bonheur. Elle s'agenouille pour se mettre à sa hauteur et l'entourer de ses bras. Comment a-t-elle pu vivre sans lui pendant toutes ces années ? Quoi qu'il fasse, elle ne le réprimande jamais. Depuis le 3 décembre 1966 à la clinique Rudolf-Virchow de Berlin-Ouest, elle passe ses journées à l'admirer.

Les jours passent et Romy expérimente un nouveau rôle, celui de mère au foyer. Elle qui rêvait d'avoir du temps devant elle est saisie de vertiges. Après la naissance de son fils, elle avait décidé de ne plus tourner pendant plusieurs mois, mais ces heures qui s'écoulent sans que le téléphone sonne, était-ce vraiment cela qu'elle souhaitait ? La vie avec Harry n'est pas celle qu'elle imaginait. Il passe ses journées à réfléchir et des nuits entières à écrire, solitaire, en prise avec les démons de son monde intérieur. Ses échecs, c'est à Romy qu'il les fait désormais payer.

Elle fait le tour de ces pièces dans lesquelles elle ne se reconnaît plus. Est-ce la vie dont elle rêve pour son fils ? Le dialogue avec Harry est de plus en plus difficile, voire inexistant. Taciturne, renfermé, depuis quelque temps, il se plaît à la rabaisser en public, devant les quelques amis qu'ils fréquentent encore, arguant qu'elle ne comprend rien au théâtre. Leur histoire a-t-elle été un coup de foudre ou un choix de raison ?

Harry prend de plus en plus de somnifères, qui lui ont même fait rater le moment où son fils est né. Romy avait déjà accouché quand il s'est enfin extrait des limbes dans lesquels le sommeil l'avait plongé. Était-ce pour oublier ses échecs professionnels ? L'histoire de sa famille ? Celle de son père, juif disparu ? Même s'il n'en parlait jamais, il portait en lui la détresse de ceux qui se sentent rescapés.

Son destin lié à l'Holocauste, le fait qu'il ait lui-même été interné à la prison de la Gestapo l'été 1942 et transféré à la « Stadthaus Hamburg », le QG de la Gestapo à Hambourg, avant d'être relâché, sont un abîme dans lequel plonge régulièrement Romy. De nombreuses zones d'ombre persistent dans son histoire familiale et se heurtent aux questions que se pose Romy sur la sienne.

De quatorze ans son aîné, Harry a, depuis leur rencontre, une certaine emprise sur elle. Seule à Berlin, elle ne dispose que de son seul regard. Elle n'existe plus qu'à travers lui, doute et perd confiance. D'autant qu'elle ne peut plus se passer du cocktail que son mari utilise pour soulager ses migraines : un mélange d'alcool et d'analgésique, l'Optalidon, qui la calme immédiatement mais la plonge dans un état de torpeur intense.

Et si le cinéma français l'avait définitivement oubliée ? La question revient comme une douleur lancinante.

Le téléphone sonne. Au bout du fil, une voix reconnaissable entre toutes qui la ramène des mois en arrière. Comme à son habitude, il ne se présente pas. Comment a-t-il obtenu son numéro ? Pourquoi vient-il bousculer la distance qu'elle a instaurée avec tant d'efforts ?

Alain Delon lui parle d'une voix calme et chaleureuse. Il lui demande d'être sa partenaire dans un nouveau film de Jacques Deray qu'il s'apprête à tourner : *La Piscine*. Avec Maurice Ronet et une jeune comédienne anglaise, Jane Birkin. L'histoire devrait lui plaire. Ce serait aussi l'occasion de passer un été ensemble à Saint-Tropez. De toute façon, il ne fera pas le film sans elle.

Se doute-t-il, à ce moment-là, qu'il lui fait le cadeau dont elle rêve secrètement sans même se l'avouer : un retour au cinéma ? Romy laisse le silence s'installer entre eux. Puis accepte, les yeux fermés.

Alain Delon est heureux. C'est sa victoire personnelle. Car c'est lui qui a œuvré en coulisses pour que le rôle de Marianne soit attribué à Romy. La production avait suggéré les noms de Delphine Seyrig et Monica Vitti. Certains doutaient que Romy soit encore capable de jouer. Ils invoquaient une carrière à l'arrêt. Alain avait posé ses conditions : ce sera avec Romy ou sans lui.

À l'autre bout du fil, Romy frémit. Elle ignore ce bras de fer, savoir qu'il l'a choisie la comble. La perspective de le revoir la trouble. « Merci, Alain. » Romy se rend compte que parler français lui a terriblement manqué.

12 août 1968
Aéroport de Nice

Il fait les cent pas sur le tarmac. Journalistes et photographes l'entourent, comme un essaim d'abeilles, à l'affût du cliché qui, dans quelques instants, fera date dans l'histoire du cinéma : les retrouvailles du couple mythique formé par Alain Delon et Romy Schneider. La petite fiancée de l'Europe est attendue de manière fébrile. On n'y croyait plus. Le tournage a été décalé de plusieurs semaines à cause des événements de mai.

L'allure décontractée d'Alain Delon, chemise noire légèrement entrouverte et pantalon clair, tranche avec la nervosité qui le tenaille.

Cette rencontre devant la presse sera-t-elle aussi intime, aussi émouvante qu'il le souhaite ? L'alchimie qu'ils ont connue jadis sera-t-elle à nouveau palpable entre eux et devant la caméra de Jacques Deray ?

À quelques mètres d'Alain Delon, un jeune journaliste réalise son premier reportage de terrain. Jean-Marie Molinengo est envoyé par France 3 Côte-d'Azur pour couvrir l'événement. Lorsqu'il s'approche de la star, hésitant, il espère en son for intérieur que l'acteur du *Guépard* et du *Samouraï* refusera de répondre à ses questions. Il tente de cacher le tremblement de ses mains. Contre toute attente, Alain Delon accepte et consent même à se déplacer pour s'installer devant des figuiers de Barbarie, plus dans l'esprit du tournage qui s'annonce que les bâtiments de l'aéroport. Il ne reste que quelques minutes avant que l'avion de Romy Schneider ne se pose.

Comme s'il s'adressait à la France entière, Alain Delon fixe la caméra et prononce cette phrase en forme de sentence : « Romy maintenant est une femme, ça n'est plus une jeune fille, ça n'est plus Sissi. Ce n'est plus la petite fille avec les joues bien rondes, c'est vraiment une femme. D'ailleurs vous allez vous en apercevoir. »

Soudain, elle apparaît. Romy Schneider descend de l'avion, plus belle que jamais. La comédienne qu'Alain Delon découvre depuis le bas de la passerelle n'a plus rien à voir avec la jeune fille qu'il a quittée cinq ans auparavant. Ses cheveux plus longs lui donnent une allure féminine qu'il ne lui connaissait pas, ses joues rondes d'adolescente ont fait place à un visage aminci, mais toujours aussi souriant.

En descendant les marches de la passerelle, l'actrice ne regarde que lui. Deux bises de bienvenue. Puis, comme au ralenti, elle l'enlace. Ses gants blancs entourent le cou de son amour de jeunesse avec une élégance folle. Il l'embrasse sur la joue. Une fois, deux fois. Le tendre baiser qu'il lui donne sur la tempe lui avait manqué. Romy est radieuse. Elle rit aux éclats.

« Vous êtes heureuse de retrouver Alain Delon ? » La voix de Jean-Marie Molinengo tremble légèrement. Romy marque une seconde avant de répondre. L'émotion se lit dans ses yeux. Et quand le journaliste demande à Alain Delon s'il est ému, ce dernier esquive par un trait d'humour : « C'est normal, vous ne trouvez pas ? Vous êtes vous-même ému en tenant ce micro ! »

La gêne se lit dans leurs mouvements. À cette façon qu'elle a d'émettre de petits rires nerveux, de tourner la tête à gauche puis à droite, de détourner les yeux dès qu'elle croise son regard clair. À sa manière à lui de passer sa main dans ses cheveux, d'apostropher les journalistes. Mais peu à peu la gêne s'estompe. Ne reste que le bonheur de partager cet instant.

Ces retrouvailles intimes se font face aux journalistes qui, année après année, relatent en direct la vie de Romy Schneider. Même si elle y est habituée, retrouver dans ces conditions l'homme qu'elle a aimé et qu'elle n'avait pas revu depuis une décennie n'est pas chose aisée. Dix ans exactement, presque jour pour jour, après leur première rencontre.

Ils ont grandi, ont construit leurs vies, mais se souviennent tous deux de ce qu'ils ont ressenti ce jour-là en se voyant pour la première fois sur le tarmac d'Orly, en 1958. En cet été 1968, ils offrent au public l'image d'un couple épris d'amour et de liberté. Qui ne rêve pas, à cet instant, d'être cette femme lumineuse en robe blanche, regardée de façon amoureuse par le plus bel homme de France, en blouson de cuir noir ?

30 mai 1982
11, rue Barbet-de-Jouy, Paris

De ce lit sur lequel elle est étendue, elle pourrait entendre la clameur. Un murmure parti de la rue qui se propage comme une vague dans les étages, pour arriver jusqu'au creux de son oreille. Cette foule qui l'a acclamée, applaudie, désirée, enviée, vient aujourd'hui lui dire au revoir. Certains ont au fond d'eux le secret souhait d'apercevoir Romy une dernière fois, peut-être la seule fois de leur vie, comme s'ils pouvaient emporter avec eux une goutte de son essence.

Bien que la rue ait été bloquée par les gendarmes, de nombreux paparazzis ont réussi à passer entre les mailles du filet. Ceux qui l'ont poursuivie jusqu'à son dernier jour espèrent un ultime cliché. Certains de ces prédateurs macabres ont passé la nuit cachés dans des coffres de voitures, d'autres essaient de s'introduire dans l'immeuble déguisés en employés des pompes funèbres. Pour l'instant, aucun n'a réussi à franchir la ligne rouge grâce à la vigilance de ses anges gardiens. Trois personnes qui usent de tous les stratagèmes pour protéger son intimité : le couple Duhamel, Gisèle et Jean, gardiens de l'immeuble, et Alain Delon.

Alors que ce dernier fait les cent pas dans la loge pour écouter les dernières informations données par la télévision sur « la mort de l'icône Romy Schneider », la gardienne filtre les visites. Tel Cerbère, elle passe un appel dans l'appartement de Romy pour prévenir de toute nouvelle arrivée et attend le feu vert pour délivrer un laissez-passer. Alain Delon a fait retirer les poignées des portes d'entrée de l'immeuble pour empêcher toute intrusion. C'est Jean, le gardien, qui s'y emploie. Après avoir fait cela de façon discrète, il emprunte l'escalier de service pour descendre au sous-sol et vérifier que personne n'y ait pénétré. Tel un officier de sécurité, il fait les cent pas dans le parking, scrutant les moindres recoins.

Le 11, rue Barbet-de-Jouy prend des allures de forteresse assiégée pour protéger, trois étages plus haut, le huis clos dans lequel repose une princesse endormie.

Peu à peu, la chambre se vide. L'avocat de Romy, Jean-Michel Darrois, et le producteur tunisien Tarak Ben Ammar, le propriétaire de l'appartement, s'éclipsent rue de Varenne pour se rendre aux pompes funèbres et choisir son cercueil. Jean-Louis Livi, son agent, se résout à descendre au pied de l'immeuble dans l'arène qu'est devenue la rue, afin de désamorcer la frénésie qui s'est emparée des lieux. Journalistes et photographes commençaient à s'impatienter et à jouer des coudes pour tenter de pénétrer dans le bâtiment.

Dans quelques heures, Romy sera seule. Cette solitude qu'elle a fuie toute sa vie.

Après le départ de Romy, resteront les dizaines de clichés de David, punaisés au mur, la plupart juste au-dessus de son petit bureau. Elle a consacré aux visages et aux sourires de son fils un coin entier de sa chambre. Certains y voyaient un véritable mausolée. Elle y trouvait un espace apaisant où elle pouvait se recueillir pour lui parler. Les photos de ses yeux aimants illuminaient ses matins et ses nuits. C'est son regard qu'elle voyait en premier en se réveillant et c'est cette dernière image qui recouvrait ses paupières au moment où elle fermait les yeux, parfois au petit matin.

Fin 1968
Studios de Boulogne-Billancourt

Dans la pénombre d'une salle de mixage, Romy termine, consciencieuse et appliquée, la postsynchronisation de la version anglaise de *La Piscine*. Même si Jacques Deray a demandé à tous les comédiens, sur le tournage, d'enregistrer les dialogues en anglais après chaque prise en français, il reste quelques détails techniques à régler.

Romy a promis au réalisateur de se rendre disponible pour qu'il termine le film. Elle sait qu'il va marquer une étape dans sa carrière et dans sa vie. Il signe à la fois son retour au cinéma et ses retrouvailles avec Alain Delon.

La passion a fait place à un amour qui, bien que différent, est encore plus fort. Lui vit avec Mireille Darc. Elle est encore mariée à Harry Meyen, mais son destin s'écrit à nouveau à Paris.

Romy sort quelques minutes de la salle pour continuer la discussion avec une personne de l'équipe technique. Elle parle si fort et si vite qu'elle n'a ni vu ni entendu arriver l'homme qui est en train de la fixer. L'inconnu est à la recherche d'une certaine Romy Schneider, mais il s'interrompt, subjugué, devant cette femme si vivante.

Il lui demande comment elle s'appelle. Les présentations entre Romy et Claude Sautet sont aussitôt faites. Le réalisateur s'est rendu dans les studios de Boulogne-Billancourt à l'invitation de Jacques Deray qui lui a conseillé de rencontrer l'actrice de son film. Il l'imagine parfaitement dans le rôle féminin qu'il cherche désespérément pour son prochain long-métrage. Et en effet, au premier regard la beauté hypnotique de Romy le subjugue. Le regard vif de Sautet l'intrigue.

Leur relation passionnelle s'est éteinte bien avant que Romy naisse comme icône de cinéma devant l'objectif de sa caméra. Claude Sautet est marié et ne souhaite pas divorcer. Alors, comme pour prolonger cet amour par procuration, ils tourneront en huit ans *Les Choses de la vie* et quatre autres films ensemble.

Printemps 1969
Avenue Foch, Paris

Devant elle, deux jeunes hommes impatients lui tendent une feuille de papier : « La Chanson d'Hélène ». Des notes de musique et des mots griffonnés. Jean-Loup Dabadie et Philippe Sarde, le parolier et le compositeur du film *Les Choses de la vie*, sont venus en délégation chez elle lui apporter ce texte.

Le film est tourné. Claude Sautet attend le moment propice pour sa sortie sur grand écran. Pour lui, c'est quitte ou double : soit il le sortira de l'oubli, avec un succès triomphal, soit il arrêtera sa carrière. Il prend donc le temps de tester son œuvre sur le public. Pour l'instant, tous les signaux sont au vert. Les spectateurs sortent bouleversés des avant-premières.

Romy n'y est pas pour rien. Elle tient brillamment le rôle d'Hélène, la maîtresse de Pierre, joué par Michel Piccoli. Une fiction qui fait écho à l'amour impossible entre Romy et Claude Sautet. Comme cette scène de dispute dans la voiture, pendant laquelle elle lui adresse ces mots : « Mais pourquoi tu ne retournes pas chez toi ? Puisqu'on t'attend, vas-y ! » « J'ai envie de pleurer parce que je suis fatiguée. Fatiguée de t'aimer. » Sur ce plan, les larmes d'Hélène se confondent avec celles de Romy.

Elle regarde longuement le morceau de papier. Philippe Sarde n'a pas encore vingt ans et vient de sortir du Conservatoire. Mais les quinze mesures griffonnées ont ému Claude Sautet aux larmes. Et Jean-Loup Dabadie ainsi que Philippe Sarde souhaitent, pour accompagner la sortie du film, donner une seconde vie à ce thème musical sous la forme d'une chanson que fredonnerait Romy.

Sans rien dire au réalisateur, Philippe Sarde a demandé à Jean-Loup Dabadie de poser quelques mots sur ses notes. Et, leur projet sous le bras, ils ont décidé de l'apporter à celle qui illumine le film de bout en bout. Avec un espoir : qu'elle accepte de les chanter, mais qu'elle se rende également en studio pour enregistrer le morceau.

« Je t'aimais tant Hélène.

Il faut se quitter. »

Dès la première lecture du refrain, Romy sent l'émotion l'étreindre. Ces mots semblent avoir été écrits pour elle. L'idée de les partager en musique avec son partenaire lui plaît, mais elle sait qu'elle n'en a pas la capacité vocale.

En lisant ce texte, Romy se rend compte que cette chanson, c'est sa vie. Elle est toujours mariée à Harry Meyen, mais a décidé de cesser de jouer l'épouse effacée dans leur maison berlinoise, la femme au foyer qui encourage sans relâche son mari dans sa vaine tentative de réussite et finit entraînée dans sa spirale infernale.

« Je regarde le soir tomber dans les miroirs.

C'est ma vie. »

Romy se tient à présent contre le piano, pieds nus, dans un pantalon trop long pour elle. Le compositeur observe cette femme qui ne ressemble en rien à celle qu'il a vue, si photogénique, sur grand écran lors de la projection du film. Elle paraît plus petite, les cheveux détachés, sans maquillage. L'aurait-il reconnue s'il l'avait croisée dans la rue ? Une Romy plus fragile que les femmes qu'elle a jusqu'alors interprêtées. Une Romy dont il tombera lui aussi amoureux.

Au moment où Jean-Loup Dabadie fredonne le début de la chanson, Romy qui, quelques minutes plus tôt, leur faisait part du fait qu'elle chantait faux, se lance et entonne la suite avec Philippe Sarde au piano. Comme par magie et comme devant la caméra de Claude Sautet, son visage attire immédiatement la lumière. Cet instant suspendu s'éteint au moment où la chanson se termine. Romy est en larmes.

1971
Sète

Le tournage a été interrompu. Sous le regard de Romy Schneider, d'Yves Montand, de Sami Frey, mais également de Jean-Loup Dabadie et d'une partie de l'équipe du film *César et Rosalie*, Claude Sautet est parti dans une colère noire. Quelques minutes plus tard, plus personne ne se souvient de la raison qui l'a fait sortir de ses gonds, mais le réalisateur a préféré partir un moment se calmer au bout de la plage. Seul.

Romy se permet de marcher vers lui. Elle connaît ses excès et sa sensibilité. C'est leur troisième film ensemble, après *Les Choses de la vie* et *Max et les ferrailleurs*. Il n'y a qu'elle, sur le tournage, qui parvient à tempérer ses excès, à mettre fin à la solitude de ses silences. Romy, la « cocotte » comme il la surnomme, mais plus souvent sa « Rominette », est la seule à trouver les mots pour l'apaiser.

Et quand elle n'y réussit pas, elle lui écrit. Une foultitude de petits mots dans un français parfois bancal, griffonnés entre deux prises. C'est sa façon de communiquer avec lui, quand elle regarde les rushes et qu'elle souhaite lui donner son avis, ou quand elle a tout simplement besoin de lui dire qu'elle sera toujours là, à ses côtés. Tous commencent ainsi « Mon Clo » et s'achèvent par cette signature « Ta Ro ».

Claude Sautet a besoin d'elle pour écrire et elle a besoin de lui pour jouer. Eux seuls savent comment fonctionne leur tandem. Romy se sert de ses blessures pour faire vibrer le cœur amoureux ou meurtri des femmes qu'elle interprète devant la caméra de son mentor. Ces femmes auxquelles chaque Française peut s'identifier. Et Claude Sautet distille dans chaque film un peu de leur histoire.

Elle aime qu'il soit le créateur et elle sa créature. Jusqu'à parfois exiger l'exclusivité de son regard sur elle. Elle ne supporte pas que d'autres comédiennes lui volent l'attention qu'il lui porte.

Quelques années plus tard, sur le tournage d'*Une histoire simple*, Eva Darlan sera témoin de ce jeu du chat et de la souris. Quand l'un détourne le regard, l'autre le recherche.

Et quand un journaliste de *France-Soir* qui les a interviewées toutes deux fait finalement le choix de consacrer son article au seul portrait d'Eva Darlan, Romy n'exprime sur le moment ni colère ni déception. Elle décide très froidement de ne plus jamais adresser la parole à la jeune femme qu'elle envisage désormais comme une concurrente. Et cela, jusqu'à la fin du tournage.

Dès l'écriture du scénario de *César et Rosalie*, lors d'un dîner chez elle, Romy s'est plainte à Claude Sautet et à Jean-Loup Dabadie que ce film est, de façon banale, la version féminine de *Vincent, François, Paul... et les autres*, une histoire de femmes autour de Romy, alors que Claude Sautet lui a promis, un soir qu'ils dansaient ensemble à Ramatuelle, un film pour elle toute seule. Elle s'en souvient très bien.

Le drame couve. Rien ne peut l'arrêter. L'épouse du réalisateur, Graziella, interroge alors son mari. Alors, comme ça, il sait danser ? Ils ont dansé ensemble ? Romy se lève brusquement et fond en larmes. Elle hurle, claque les portes et se retire dans sa chambre d'où proviennent des cris qui affolent les invités.

Elle menace de ne plus tourner. Ce soir-là, personne n'arrive à la consoler.

Après de telles scènes, Romy revient comme une enfant après un caprice. Elle envoie de gros bouquets de fleurs et des mots d'amour, elle glisse des « merci » de son écriture ronde et tourmentée, sous la porte des chambres de ses partenaires de tournage.

Romy a-t-elle peur de perdre la position qu'elle occupe dans l'imaginaire de Sautet, de n'être plus la seule et unique dans son cœur ? Redoute-t-elle d'être moins regardée par les réalisateurs et qu'un jour ils ne la désirent plus ? Des angoisses qu'elle dissipe grâce à l'ivresse que lui procure le vin blanc qu'elle apporte sur les tournages. Romy rit parfois pour ne pas pleurer.

30 mai 1982
11, rue Barbet-de-Jouy, Paris

Elle est allongée tel un gisant, dans la même position que sa grand-mère paternelle qui est décédée dans son sommeil il y a quelques mois en Autriche. Elle avait cent cinq ans.

Romy, elle, n'a que quarante-trois ans.

Rosa Albach-Retty était une grande comédienne, membre permanent du prestigieux Burgtheater de Vienne. Outre cette passion de la scène, Romy partageait avec elle les consonances de leur prénom. Romy s'appelle en réalité Rosemarie. Et c'est ce nom qui sera inscrit dans quelques heures sur sa tombe.

Sur la moquette bleu ciel qui recouvre le sol de cet appartement qu'elle a à peine eu le temps d'occuper, des pieds avancent, reculent, s'immobilisent, se prosternent.

Le parolier Jean-Loup Dabadie s'est arrêté un long moment à son chevet face aux rideaux tirés de la chambre d'où filtre un rai de lumière. Il la regarde longuement, étendue. Et l'embrasse. La sensation de ses lèvres glacées contre sa joue est un choc dont il ne se remettra jamais.

Alain Delon s'est effondré dans un fauteuil de l'entrée.

Gérard Depardieu extériorise son chagrin en se tapant la tête contre le couvercle du cercueil.

Autour d'elle, rien n'a bougé. Aucun objet n'a été déplacé par les visiteurs de passage. Les policiers du VIIe arrondissement y ont veillé scrupuleusement dès les premières minutes qui ont suivi son décès si jamais une enquête était ouverte. Ce ne sera finalement pas le cas à la suite de la décision du substitut du procureur qui a délivré le permis d'inhumer. Mais chacun respecte l'intimité des lieux et rien ne vient briser l'ambiance feutrée.

Dans quelques heures, tous la suivront en procession lorsqu'elle quittera les lieux.

1972
Nevers

Plusieurs coups secs retentissent sur la porte de sa roulotte. Romy hésite et finit par ouvrir. Quand elle s'aperçoit qu'il s'agit de Régine, sa partenaire dans le film qu'elles sont en train de tourner, elle demande à sa coiffeuse de les laisser seules.

Romy sort d'un panier apporté en cachette par sa coiffeuse une bouteille de vin pour fêter leurs retrouvailles. Régine fait de nombreux allers-retours sur le tournage. Celle qui, à cette époque, est déjà la reine de la nuit parisienne rentre de Monte-Carlo où elle vient d'inaugurer une discothèque, le nouveau Sporting, aux côtés du prince Rainier. Portant encore sa robe Dior beige pâle, elle entre et se déchausse, les talons pleins de boue.

Arrivée à l'aube du sud de la France, elle a dû finir le trajet à pied et traverser un champ marécageux pour arriver jusqu'à la roulotte. Tout cela en courant, afin d'éviter d'être chargée par un taureau qui lui barrait le passage. Elle reprend ses esprits, heureuse de retrouver cette amie de longue date, avec qui elle a partagé de nombreuses soirées à Paris dans sa boîte de nuit, le Jimmy's, en compagnie d'Alain Delon.

Le tournage de ce nouveau film de Pierre Granier-Deferre, *Le Train*, a lieu en pleine campagne près de Nevers. Romy y joue une jeune femme juive allemande, Anna Küpfer, qui fait partie des réfugiés montés en Belgique dans un train en route vers La Rochelle. Elle partage l'affiche avec Jean-Louis Trintignant, dans le rôle de Julien Maroyeur, un homme que le train a séparé de sa femme et de sa fille. Régine, elle, joue une prostituée présente dans le même wagon qu'Anna.

Les deux femmes parlent très peu du film et de ce rôle qui bouleverse tant Romy. Elle a dit oui tout de suite à Pierre Granier-Deferre, quelques heures après sa rencontre avec lui au bar du studio dans lequel elle tournait *Max et les ferrailleurs*. Lui était en montage de *La Veuve Couderc*. Il l'a aperçue, lors d'une pause, vêtue d'un imperméable de cuir noir, trempant avec élégance une biscotte dans son thé, et n'a pas résisté à l'envie de lui parler.

Elle a immédiatement manifesté son envie de travailler avec lui. Encore faut-il trouver un sujet, lui a-t-elle lancé. Une fois rentré chez lui, il était retombé sur le roman de Georges Simenon, *Le Train*. L'histoire de cet exode le touchait, il avait vécu cette période, enfant. L'antisémitisme était un sujet qui préoccupait beaucoup Romy. Elle lui en avait déjà parlé.

Régine sait tout cela, mais ne dit mot. Née en Belgique de parents juifs polonais, elle est très jeune tombée amoureuse du neveu du grand rabbin de Lyon. Alors qu'elle devait épouser son amour de jeunesse, il a été arrêté par la Gestapo et déporté. Elle ne l'a jamais revu et porte en elle cette blessure. Les deux femmes partagent des douleurs qu'elles n'expriment jamais à voix haute.

La matinée de tournage va reprendre. Régine s'apprête à enfiler une robe colorée qu'elle a achetée à Paris, aux puces, et qu'elle a préférée à celle de la costumière. Romy, elle, doit revêtir une robe noire qu'elle déteste. Pierre Granier-Deferre a même parcouru, juste avant le tournage, le trajet en voiture avec son assistant de Paris jusqu'à Saint-Paul-de-Vence, où elle était en vacances, pour la convaincre de la porter.

Sur le plateau, depuis quelques jours, Romy est assez provocatrice. À l'occasion d'une scène face à Jean-Louis Trintignant, devant l'abreuvoir, elle souhaite absolument jouer la poitrine dénudée. Le réalisateur s'y oppose, la forçant à porter une combinaison déjà suffisamment transparente. Il parvient à la persuader avec un argument : l'un de ses seins paraît plus bas que l'autre suivant la façon dont il la filme.

Que cherche-t-elle ? Est-ce sa façon à elle de vouloir séduire son partenaire ? En miroir de la liaison entre leurs deux personnages, une histoire charnelle vient de naître entre les deux comédiens. Une passion intense qui la hante. Elle ne pense qu'à cela et aux moments qui suivent ceux où le réalisateur dit : « Coupez ! »

Romy est à fleur de peau et pleure régulièrement en fin de prise. Ce qui agace le réalisateur Pierre Granier-Deferre. Chaque fois, il lui demande de recommencer, mais sans verser de larmes. Elle est suffisamment bouleversante pour ne pas avoir besoin d'en rajouter. Ce à quoi

Romy réplique, faisant référence à son mentor : « Claude, il me laisse pleurer, lui. »

Romy ne quitte plus Trintignant. Et même quand ils ne tournent pas, ils se suivent. Comme ce jour, où, apprenant que l'équipe de techniciens loge dans un hôtel standard à dix kilomètres du tournage, quand elle et Jean-Louis Trintignant ont été installés dans un luxueux Relais & Châteaux, Romy décide de changer d'établissement. Elle ne supporte pas cette différence de statut. Son partenaire l'a suivie dans son entreprise.

Depuis quelques semaines, Romy a un nouvel assistant particulier, Daniel Biasini. Elle l'a rencontré à la fin du tournage de *César et Rosalie*, avant de rejoindre l'Italie pour *Ludwig*. Entre deux films, elle a fait venir dans son appartement de Neuilly ce jeune régisseur qui travaillait chez le producteur Raymond Danon, car il pourrait, lui avait-on dit, gérer son nouveau quotidien à Paris.

Romy venait de quitter définitivement l'Allemagne et son mari Harry Meyen. Le jour où elle avait ouvert la porte de son appartement à Daniel, Romy était vêtue d'un caftan rouge, les cheveux coiffés d'un turban, pas maquillée. Une allure bohème. Ses bagages étaient disséminés un peu partout, elle avait avec elle un enfant de quatre ans, gardé en son absence par une nurse suisse allemande qui ne parlait pas un mot de français.

Daniel Biasini n'avait pas été impressionné par cette première rencontre avec Romy Schneider. Mais il avait accepté de l'aider. Il s'était mis en quête d'une école bilingue pour David, s'occupait de lui quand sa mère était absente. Daniel leur avait ensuite trouvé un nouvel appartement à Saint-Germain-des-Prés, puis rue Berlioz où elle restera plusieurs années.

Daniel était l'homme sur qui Romy pouvait s'appuyer en toute confiance. Il s'occupait du quotidien avec une facilité déconcertante. Les difficultés étaient balayées d'un revers de main, il avait toujours une solution à tout. Rien de grave ne semblait pouvoir arriver à Romy tant qu'il était à ses côtés. Mais surtout, elle sentait chez lui un attachement à David qui la touchait, et qui semblait réciproque.

Alors que Daniel avait décidé de ne rester que quelques mois en France avant de repartir aux États-Unis, il s'était finalement rendu compte qu'il commençait à s'attacher à cette famille, à cet enfant plus mature que son âge et à cette femme qui voulait le meilleur pour son fils, tout en culpabilisant de ne pas lui consacrer tout le temps qu'elle aurait souhaité.

Daniel avait donc décidé de prolonger son séjour de plusieurs mois. Et il était peu à peu entré complètement dans leur vie, partageant les coulisses de tournage avec Romy, ses confidences amoureuses, ses rencontres avec ses amis, le comédien Jean-Claude Brialy, son agent Jean-Louis Livi ou encore le réalisateur Claude Sautet qui faisait lui aussi partie du cercle intime. Au fil des jours, il voyait Romy changer, elle retrouvait le goût de la liberté.

C'est donc naturellement lui qui se charge de faire passer les mots doux entre elle et Jean-Louis Trintignant dans lesquels les amoureux se fixent leurs rendez-vous. Il est le messager de leur histoire. Le protecteur. Pour leur assurer discrétion, Daniel Biasini leur tient même la chandelle lors des dîners en tête à tête.

Au fil des jours, Romy se persuade que Jean-Louis Trintignant va quitter son épouse pour elle. Elle croit à leur histoire, bien qu'elle reste lucide. Sur un plateau, le temps n'existe pas. C'est un monde dans lequel tout est possible et où il est facile d'être quelqu'un d'autre. Le film terminé, elle comprend que cette histoire n'a aucun avenir. Comme chaque fois, elle y a cru.

Été 1974
Saint-Tropez

Pourquoi Romy est-elle venue seule à Saint-Tropez cet été 1974 ? Dans l'espoir d'une soirée comme celle-ci, justement. David, qui a presque huit ans, est parti en vacances avec son père, puis en Grèce avec son oncle et des cousines du même âge que lui.

Romy a eu envie de soleil et a décidé de venir dans cette ville, où l'une de ses connaissances, le propriétaire du restaurant L'Escale, possède une maison sur les hauteurs. Elle a demandé à Daniel Biasini de la lui réserver. Elle se doute que lui aussi sera à Saint-Tropez : c'est là qu'est amarré le bateau de ses parents. Ils ont donc convenu de se retrouver sur place.

Ce soir, ils dînent tous les deux et discutent de longues heures en tête à tête, puis finissent en discothèque, avec une bande d'amis. À six heures du matin, Daniel a une idée : aller voir le soleil se lever dans la baie des Canoubiers, en bateau. Les voilà partis, un peu éméchés mais très joyeux, avec une bouteille de champagne au frais.

Daniel pilote sur une mer d'huile, Romy l'observe. En sortant de la baie, il ralentit progressivement le moteur. Puis, en un instant, un grand plouf, et plus rien. Le silence. Tout occupé au poste de pilotage, il n'a pas vu ce qui s'est passé. Il se retourne, mais ne distingue rien dans l'eau. Et surtout, Romy n'est plus sur le bateau.

Les secondes passent et Daniel commence à s'inquiéter. Mais d'un seul coup, elle surgit en riant aux éclats, comme une petite fille heureuse de sa blague. Daniel saute à l'eau et ils échangent un baiser. Leur premier baiser.

Printemps 1974
Berchtesgaden, Allemagne

C'est un décor qui semble sorti d'un dessin animé de Walt Disney. Un chalet avec de jolis balcons en bois, entouré de petits murs en pierre surmontés de fleurs. Une bâtisse imposante posée au milieu d'un parterre de gazon sur lequel évoluent quelques animaux autour d'un puits. Une maison coquette où pourrait vivre Blanche-Neige, où aurait pu vivre Sissi. C'est là qu'a vécu Romy.

Sa chambre est toujours au premier étage, au-dessus de la porte d'entrée. Magda a laissé le mobilier typique des résidences autrichiennes. Le guéridon en bois surmonté d'un napperon blanc en coton. Ainsi que la cheminée en briques devant laquelle Romy aimait, jeune fille, s'asseoir pour écrire.

Romy y revient une fois par an depuis quelques années, souvent seule. Et Magda, sa mère, fait le trajet inverse à la même fréquence, en retour. Ce n'est pas si loin de la France et, pourtant, c'est un long voyage, en avion depuis Berlin, via Bonn, ou depuis Salzbourg, plus proche, puis en voiture jusqu'à cette bourgade. On ne passe pas à Berchtesgaden par hasard.

Cette fois-ci, Romy a choisi de venir accompagnée du nouvel homme de sa vie, Daniel. De la porte entrouverte de sa chambre, elle s'avance sur le balcon. Celui où elle a souvent posé pour promouvoir la série des *Sissi*. Face à elle, au-delà du gazon et du portail, elle observe les maisons cossues de ce quartier résidentiel de la commune de Schönau, où l'on tait le nom de ses voisins. Dans son dos s'élèvent les montagnes sombres en haut desquelles domine le Berghof, l'ancien domaine d'Adolf Hitler.

C'est Daniel qui a eu l'idée d'y aller. De gravir cette montagne qu'ils ont si souvent observée depuis la maison. Pour aller voir ce lieu où a été élaborée la « solution finale » et qui a fait entrer Berchtesgaden dans l'Histoire. Romy n'y est jamais allée. Jamais elle n'a entrepris cette montée au sommet. Jamais elle n'a envisagé de confronter la réalité de cette montagne avec les images qu'elle avait imaginées de sa mère dans les sentiers enneigés du domaine de Hitler.

Romy et Daniel Biasini s'engouffrent dans leur Bentley de location. Ils proposent à Magda de les accompagner. À leur grand étonnement, elle accepte. Enroulée dans son manteau de fourrure, avec cette élégance qu'elle a toujours affichée, elle prend place sur la banquette arrière, sans un mot. La voiture démarre.

Le portail franchi, il faut d'abord quitter ce quartier isolé. Descendre dans la vallée jusqu'à Berchtesgaden, longer la rivière, ces paysages jadis protégés par l'armée allemande, qui n'ont jamais connu les bombardements. Des villages où la guerre n'a rien détruit, où elle n'a pas effrayé les enfants qui y ont grandi. Quelques kilomètres carrés préservés.

C'est à la sortie de la ville que démarre la montée. Une route en lacets qui s'élève progressivement pour atteindre les mille cinq cents mètres d'altitude en quelques minutes. Le dernier tronçon est abrupt. Plongé la plupart de l'année dans le brouillard, il n'est pas accessible à toutes les saisons. La température a subitement baissé.

Nous sommes en 1974. Le Berghof n'est pas encore un centre de documentation sur le promontoire duquel se succéderont bientôt des touristes du monde entier venus en témoins de l'Histoire. Cela fait moins de trente ans que la résidence secondaire de Hitler a été partiellement bombardée par les Britanniques. C'était en avril 1945. Les SS y avaient mis le feu quelques jours après le suicide du Führer.

C'est la deuxième division blindée française, arrivée en même temps qu'une division américaine à Berchtesgaden, qui découvrit l'étendue du domaine, ces kilomètres de bunkers souterrains abritant des œuvres d'art pillées dans l'Europe entière, cette terrasse sur laquelle se sont succédé les personnalités reçues par Hitler, souvent entouré de ses chiens, filmées pendant des heures par sa compagne Eva Braun.

Ce jour-là, ils trouvent un lieu en ruine. Tous trois sont alignés face aux Alpes bavaroises. Magda Schneider et Romy entourent Daniel. Magda a pris le bras de son gendre, Romy a, de l'autre côté, glissé sa main dans la poche du manteau de son compagnon. Et alors que leurs regards scrutent l'horizon, Romy fait signe à Daniel de parler. Elle souhaite que ce soit lui qui pose les questions.

Il commence. Se tournant vers Magda, il l'interpelle tout d'abord sur un ton ironique. Cet endroit lui rappelle-t-il des souvenirs ? Ces paysages ne lui sont-ils pas familiers ? Elle est déjà venue ici, n'est-ce pas ? Magda fait mine de ne pas se souvenir. Non, ce lieu ne lui dit absolument rien, elle ne se souvient pas d'y être déjà venue. Sans faire apparaître aucune expression sur son visage.

Romy tressaille. Sa main étant toujours dans la poche du blouson de Daniel, elle lui donne un petit coup de poing dans les côtes. Signe qu'il doit poursuivre son interrogatoire. Il s'exécute : « Magda, vous n'avez jamais, jamais, mis les pieds ici ? » Après un long silence, elle avoue.

Elle est déjà montée ici, quand Adolf Hitler y résidait. C'était à l'occasion d'une invitation d'Eva Braun. Oui, elle a rencontré le Führer. Oui, elle a rencontré plusieurs des hauts dignitaires nazis et leurs épouses, notamment Martin Bormann, proche conseiller de Hitler, l'un des hommes les plus puissants du Troisième Reich.

Romy a mille questions. Que signifiait vivre à Berchtesgaden pendant la Seconde Guerre mondiale, dans ce fief indissociable du nazisme ? Pourquoi Magda est-elle venue s'installer ici ? Pourquoi a-t-elle pu continuer à travailler en pleine guerre au moment où de nombreux artistes ont été interdits d'exercer leur activité ? Pourquoi n'a-t-elle pas fait le choix de partir, comme Marlene Dietrich ? Jusqu'où est-elle allée pour protéger sa carrière ?

Romy a souvent entendu dire qu'Adolf Hitler s'était déplacé plusieurs fois pour voir Magda sur scène au théâtre, avant-guerre à Munich, s'installant au premier rang. Avait-il le béguin pour elle ? Quelle était la nature exacte de ces liaisons dangereuses ? Sa mère a-t-elle eu une relation amoureuse avec le Führer ? Cette interrogation l'a souvent hantée.

Romy souhaite l'entendre. Il est temps.

Magda ne se soustrait pas aux questions. Elle y répond. Elle raconte avoir acheté ce chalet à Berchtesgaden bien avant le début de la guerre. Elle s'est retrouvée liée de fait à la grande Histoire. Certes, elle fait partie des rares Allemands à avoir été exonérés d'impôts par le régime. Mais elle n'a pas tourné beaucoup de films pendant la guerre. Et comment refuser une invitation à prendre le thé quand c'est Eva Braun qui vous le propose, en tant que voisine ?

Romy ne souhaite pas en savoir davantage. Elle avait simplement besoin que sa mère s'exprime sur le sujet. C'est la première fois. Cette discussion apaise la culpabilité qu'elle porte depuis des années, non seulement en tant que fille d'une comédienne allemande qui, sans avoir réellement été impliquée dans le régime nazi, n'a pas fait le choix de le rejeter, mais aussi en tant que citoyenne allemande.

Romy, comme d'autres concitoyens de sa génération, porte la culpabilité de tout un peuple qui cherche *réparation*. Et ne s'en délestera jamais. Comme resteront gravées sur une pellicule les images de Magda Schneider venue nonchalamment prendre le thé au Berghof, sans se douter que ce film traverserait le temps et les générations, pour se retrouver dans un fond d'archives américain, de l'autre côté de la planète, à Washington.

Magda y apparaît souriante, en manteau sombre et les boucles de ses cheveux mi-longs et ondulés dépassant de son chapeau de feutre surmonté d'une plume. Elle se promène dans les sentiers enneigés entourant le Berghof, aux côtés d'un petit groupe de personnes. Puis pose contre l'épaule de Hitler. Est-ce Eva Braun qui est derrière la caméra, elle qui filmait très régulièrement Hitler et ses visiteurs dans leur quotidien ?

Sur d'autres images, Eva Braun apparaît soudain. Ils ne sont pas cent, ni dix. Ils ne sont plus que trois. Ils posent devant une barrière en bois, toujours en extérieur, un jour d'hiver. La compagne officieuse de Hitler le regarde. Lui est tel qu'on le voit sur d'autres images d'archives, son grand manteau bardé de boutons, prenant légèrement appui sur une canne. Magda est là, tout près. Elle fixe l'objectif de la caméra.

Ce jour-là, Romy ne lui parle pas de ce que ces images et cette histoire ont laissé comme souffrance en elle. Magda a-t-elle connu Paula, la plus jeune sœur d'Adolf Hitler, qui est venue vivre à Berchtesgaden après la guerre jusqu'à sa mort en 1960 ? C'est tout près de chez elle, dans la petite commune de Schönau, où Romy a passé toute son enfance, qu'elle est enterrée.

Magda a-t-elle également feuilleté ou tout simplement aperçu le numéro du magazine allemand *Der Spiegel* datant du 7 mars 1956, sur les enfants de la « génération nazie » ? Y apparaît notamment le jeune comédien Götz George, fils de Heinrich George, accusé après la guerre d'avoir collaboré avec le régime hitlérien. Götz George a joué dans *Lilas blancs* aux côtés de Romy.

Dans ce magazine, et dans cette liste d'enfants de la « génération nazie », apparaît non seulement le nom de Romy, mais son visage trône en une. Sur la photo, Romy a dix-huit ans. Sous son sourire, ce titre qui la marquera pendant plusieurs années, d'où son dégoût pour la presse de son pays : « La vierge de Geiselgasteig », du nom du lieu où se trouvent les célèbres studios de cinéma munichois.

18 décembre 1975
Hôtel Gehrhus, Berlin-Ouest

C'est un Daniel Biasini heureux mais épuisé qui rejoint Romy à Berlin-Ouest, entouré de ses parents. Il a enterré sa vie de garçon quelques heures plus tôt lors d'une fête chez Castel à Paris, et pris l'avion à cinq heures du matin, en passant par Bonn, pour rejoindre celle qu'il s'apprête à épouser et qui l'attend impatiemment à son hôtel. Il a très peu dormi mais qu'importe, la journée ne fait que commencer !

Les mois ont passé à une vitesse folle mais Romy a toujours eu l'intime conviction que c'est avec Daniel qu'elle va enfin construire une famille.

L'été précédent, Romy et Daniel sont partis en bateau en Corse, cette fois, dans la région de Calvi. De passage au port, Romy trouve une cabine téléphonique pour prendre des nouvelles de David, qui se trouvait dans leur appartement à Paris. La nurse l'a prévenue qu'il fallait qu'elle rappelle M. Visconti de toute urgence.

Romy raccroche, rassemble de la monnaie et compose un numéro italien. Visconti décroche immédiatement et lui propose de le rejoindre à Rome pour tourner un film avec Alain Delon. Il cherche à la joindre depuis plusieurs jours. Daniel se tient à ses côtés dans la cabine quand elle répond : « Je ne peux pas parce que je suis enceinte ! » Daniel la fixe, mentirait-elle dans le seul but de refuser un projet ? Ou vient-il d'apprendre une merveilleuse nouvelle de façon amusante ? Romy raccroche, sourit et se précipite dans les bras de l'homme qu'elle aime. Malheureusement, quelques jours plus tard, le 31 décembre, elle fera une fausse couche à quatre mois de grossesse, causée par une infection contractée lors de l'opération d'une dent de sagesse.

C'est juste après cette nouvelle et un voyage à la Jamaïque pour noyer son chagrin qu'elle avait annoncé à Daniel, médusé, qu'elle souhaitait se marier. Elle avait déjà tout imaginé, une cérémonie berlinoise le matin, un déjeuner avec leurs familles, et une fête à Paris le soir même.

Pour ne pas attiser la curiosité des photographes, la cérémonie et le déjeuner ont lieu dans l'hôtel où Romy s'est installée deux jours plus tôt. Le maire de Berlin est présent. Le coiffeur Alexandre a fait le voyage pour préparer la mariée qui a choisi de porter une couronne de fleurs d'oranger dans les cheveux. À quinze heures, il faut déjà repartir. Accompagné des parents de Daniel et de Magda, le couple s'apprête à reprendre l'avion, direction Paris.

Ils ont choisi le cadre de L'Orangerie, célèbre restaurant de l'île Saint-Louis où ils ont leurs habitudes avec Claude Sautet, Jean-Louis Livi, le producteur Raymond Danon, la productrice Albina du Boisrouvray, mais aussi Jean-Claude Brialy. Tous seront là à leurs côtés dans quelques heures pour porter un toast à leur amour. Et voir Romy heureuse.

Après Alain et Harry, c'est donc auprès de Daniel qu'elle a décidé de s'abandonner, poser ses bagages, se sentir rassurée. Mais l'est-on jamais ? Romy veut imprimer l'instant dès lors qu'il est heureux. Et pour une fois, rien ne vient assombrir cette carte postale idéale.

À son doigt, en guise d'alliance car elle n'en souhaitait pas, trois anneaux de chez Cartier offerts par Daniel. Romy, de son côté, lui a transmis la chevalière que son père a portée toute sa vie, une pierre verte gravée des initiales W. A. pour Wolf Albach, auxquelles elle fait ajouter un D pour Daniel et un R pour Romy. Les deux amants sont ainsi liés pour l'étérnité.

3 avril 1976
Palais des Congrès, Paris

C'est un événement qu'elle n'aurait manqué sous aucun prétexte. Romy a été placée au premier rang de cette salle parisienne prestigieuse et elle a tenu à ce que Daniel soit à ses côtés. Pour cette première cérémonie des césars de l'histoire, la grande famille du cinéma a fait le déplacement. Chacun s'installe en chuchotant, saluant ses connaissances d'un hochement de tête timide.

Après avoir fondé l'Académie des arts et techniques du cinéma, le producteur Georges Cravenne a souhaité créer un événement similaire aux oscars de Hollywood et, pourquoi pas, rivaliser un jour avec cette mythique soirée dont la renommée a depuis longtemps franchi l'Atlantique. Ce soir-là, chacun joue le jeu du tapis rouge, smoking, robe de soirée et diamants.

Romy n'est pas simplement présente en tant qu'invitée. Ce soir, elle est nommée dans la catégorie meilleure actrice et Daniel lui assure qu'elle a des chances de remporter le prix. Elle n'y croit pas une seconde. Elle est en concurrence avec des comédiennes dont les performances ont été saluées par la presse : Catherine Deneuve, Delphine Seyrig et Isabelle Adjani. Pourquoi serait-elle préférée à l'une d'entre elles ?

La cérémonie commence. Plusieurs noms sont égrenés, des talents sont ovationnés, les discours applaudis, des larmes essuyées d'un revers de main aux ongles vernis. Romy est comme en apesanteur dans cette immense salle du palais des Congrès où la chaleur monte.

Soudain, il apparaît dans son smoking immaculé. Il avance de façon à la fois volontaire et nonchalante, si élégant, le sourire aux lèvres. Yves Montand, son partenaire dans *César et Rosalie*. C'est lui qui a été choisi pour remettre la statuette couronnant la meilleure actrice. Romy est rassurée. Si elle remporte le prix, elle aura moins peur de monter sur scène, le sachant à ses côtés.

Il ne reste que quelques secondes avant le verdict. Yves Montand fait durer le suspense : « Les quatre nominations pour la meilleure actrice sont Isabelle Adjani pour *L'Histoire d'Adèle H.*, Catherine Deneuve pour *Le Sauvage*, Romy Schneider pour *L'important c'est d'aimer*, Delphine Seyrig pour *India Song.* »

La comédienne Dominique Sanda, en longue robe rouge, censée annoncer le nom de la gagnante, murmure un son si inaudible que Pierre Tchernia, présentateur de la soirée, la coupe d'un tonitruant « Romy Schneider ! ». Alors, Romy se lève et son corps la conduit mécaniquement vers la scène, sa robe multicolore renvoyant à travers la lumière des flashs une myriade de confettis.

Elle avance et s'en remet au cou d'Yves Montand. Comme si elle déposait dans ses bras à la fois le soulagement de cette longue attente, l'angoisse de ne pas être choisie et l'épilogue d'un tournage difficile. Ses premiers mots, elle les avait longtemps tournés et retournés dans sa tête. L'émotion de l'instant leur donne un ton particulier : « Je vous remercie beaucoup. Je suis très heureuse et très fière. »

Fière tout d'abord d'être récompensée pour ce film-là, *L'important c'est d'aimer*, pour lequel elle a tant donné jusqu'à dépasser la frontière entre cinéma et réalité. Andrzej Zulawski, le réalisateur, lui demandait d'aller toujours plus loin, parfois jusqu'à l'épuisement, pour atteindre cet état que l'on appelle la *vulnérabilité* et qui, à certains moments, l'a mise moralement en danger.

Pour jouer, elle a puisé en elle, comme toujours. Ses larmes plus vraies que nature ont donné des frissons à tous les spectateurs et encore plus à ceux qui ont assisté au tournage de cette scène où son personnage, Nadine, est à genoux, une voix stridente lui demandant, hors champ, de crier « Je t'aime » à l'homme qui est allongé près d'elle. Son maquillage dégouline et la voix hurle de plus belle.

Alors qu'un photographe la mitraille, Nadine, une actrice de films pornographiques, demande en pleurant qu'il cesse : « Ne faites pas de photo, s'il vous plaît, je suis une comédienne vous savez, je sais faire des trucs bien, ça ici je le fais pour bouffer, c'est tout. » Fabio Testi ne pourra jamais oublier le regard fixe et perdu de Romy à la fin de la scène. Celui qui jouait le photographe fut troublé par la douleur qui avait été infligée à Romy et qu'elle avait acceptée.

Jacques Dutronc, qui jouait son mari dans le film, lui a apporté la parenthèse de réconfort dont elle avait besoin, une histoire d'amour éphémère. D'une sincérité désarmante, Romy a eu besoin de prolonger le film en dehors des prises. Dutronc a avoué plus tard s'être mal comporté avec elle pour préserver son histoire avec Françoise Hardy. Il a mis brusquement fin à son idylle avec sa partenaire une fois le tournage achevé.

Romy se souvient du soir de l'avant-première à Paris quand elle avait vu sortir discrètement de la salle encore dans la pénombre l'un de ses partenaires dans le film, Claude Dauphin. Il s'éclipsait, honteux d'avoir infligé à sa fille Antonia, à peine adolescente, la projection de ce film dérangeant. Romy s'était inquiétée et lui avait couru après. L'idée qu'il n'ait pas aimé le film l'avait bouleversée. Ce tournage lui avait procuré de grands moments de joie, parfois, et de profond découragement, souvent.

Le plan de travail du film était très serré, Andrzej Zulawski l'avait prévenue. Pourtant, il demandait que, pour certaines scènes, il y ait plus de vingt prises. Romy abdiquait et recommençait, telle une élève appliquée. De plus en plus exigeant, il la poussait dans ses retranchements.

Romy montrait les premiers signes de fatigue. Le plateau était glacé, Romy, très peu vêtue, grelottait. Le réalisateur faisait mine de ne rien voir. Attisant une certaine tension avec Jacques Dutronc. Daniel, mais aussi son coiffeur et son maquilleur s'inquiétaient pour elle. En vain, elle souhaitait terminer au plus vite cette séquence infernale. Jusqu'à ce que le tournage soit interrompu afin qu'elle puisse se reposer.

Romy rentrait toutes les nuits chez elle, et un matin, elle n'a pas pu se lever. Elle a tenté de sortir de son lit mais son corps ne bougeait pas. Daniel a compris immédiatement qu'elle souffrait d'un épuisement total. Il a fait venir à son chevet son médecin, le Dr Segal. Celui-ci a confirmé le diagnostic et a envoyé sa patiente en urgence à l'Hôpital américain pour une cure de repos d'une semaine. La productrice du film, Albina du Boisrouvray, avait aménagé les horaires de tournage pour Romy, tant cette dernière était fatiguée et trop alcoolisée pour pouvoir jouer après quatorze heures.

La salle applaudit. Romy reprend la parole : « Je pense spécialement à un homme ce soir qui m'a appris mon métier, qui était mon maître et mon très grand ami, il sera content pour moi, c'est Luchino Visconti. » Les applaudissements redoublent. Romy sort de scène avec, dans les bras, la statuette dorée sculptée par César. Elle vient donc d'être sacrée meilleure actrice. En redescendant les marches qui la ramènent à la salle, elle ne peut s'empêcher de penser qu'elle est enfin reconnue comme une comédienne *française*.

Cette reconnaissance de la profession lui permettra peut-être de mettre fin au procès d'intention dont elle n'a pas encore réussi à se défaire. Pour les Français, elle est « l'Allemande », et même, quand la connotation se fait douteuse, « la Boche ». Pour certains Allemands, elle n'est plus digne d'être leur concitoyenne. Depuis Sissi, mais pas seulement. Les années n'ont rien apaisé. Bien au contraire.

21 juillet 1977
Ramatuelle

Romy et Daniel sont dans leur mas de Ramatuelle. C'est dans ce paradis sur les hauteurs qu'ils ont choisi de s'installer. Depuis le tournage de *La Piscine*, Romy est tombée amoureuse de la région. Elle a acheté une maison un peu à l'écart, tout près de la mer, mais en pleine nature. Avec Daniel, ils ont créé un lieu pour eux et leur famille. Ils ont fait creuser un bassin pour pouvoir nager, mais ont refusé d'ajouter une chambre d'amis afin de préserver leur intimité.

Elle qui vient d'une ville sombre et froide n'aime désormais plus que les paysages méditerranéens gorgés de soleil. C'est pour cette raison qu'elle a choisi cette commune du sud de la France. Regarder la mer et sentir la chaleur brunir le hâle de sa peau participent à son bien-être. Daniel ne se lasse pas de la mordorure de ses taches de rousseur. Romy n'a jamais été aussi heureuse.

Romy est enceinte de son deuxième enfant. Elle avait imaginé accoucher à Paris mais c'est au cours de son séjour à Ramatuelle qu'elle perd soudain les eaux, alors qu'elle n'est qu'à sept mois de grossesse. Daniel l'accompagne en urgence à la clinique de l'Oasis à Gassin, toute proche. Une petite fille naît prématurément, par césarienne, avant d'être transférée dans un hôpital de Nice le soir-même afin d'y être mise en couveuse.

L'information ne doit pas filtrer à l'extérieur. Les standardistes de l'hôpital répondent systématiquement à ceux qui appellent pour avoir des informations : « Mme Schneider n'est pas chez nous. » Un journaliste de *Nice-Matin* s'étonne pourtant d'avoir aperçu Daniel Biasini les bras chargés de fleurs.

Le prénom a été choisi par Romy. Sara, sans h. À l'italienne. Elle insiste bien auprès de Daniel. Mais la personne de permanence ce jour-là au service d'état civil de la mairie de Gassin commet une erreur en ajoutant un h. Sara sera donc Sarah. Daniel tient à accoler à ce prénom celui de Magda, la mère de Romy. Elle s'appellera donc Sarah Magdalena.

À trente-huit ans, Romy n'avait pas imaginé que l'amour viendrait une nouvelle fois lui prouver que la vie pouvait lui offrir un autre enfant. Et former cette famille dont elle a toujours rêvé. Ce bébé, elle le désirait ardemment après avoir fait une fausse couche quelques jours après son mariage.

Romy et Daniel font chaque jour les allers-retours entre Saint-Tropez et Nice pour se rendre à son chevet. Ils s'arrêtent parfois dormir à la Colombe d'Or où ils retrouvent Yves Montand qui joue à la pétanque.

Au cours du mois d'août, David les rejoint. De dix ans son aîné, il se plaît à veiller sur sa petite sœur.

19 avril 1979
Vol Acapulco-Paris

L'avion qui vient de décoller l'extirpe du petit paradis ensoleillé où elle a passé quelques jours de vacances avec Daniel et Sarah, qui a déjà vingt et un mois, dans le village de Puerto Vallarta, au Mexique. Baignade dans les criques de plages désertes, déjeuners de poissons grillés dans les cabanes de pêcheurs, Romy s'est reposée dans la maison où Elizabeth Taylor et Richard Burton avaient passé leur nuit de noces. Comme si fouler les pas de ce couple mythique pouvait donner un nouvel élan au sien.

Ces vacances lui ont fait le plus grand bien. Un vrai dépaysement depuis son accouchement et son rôle de mère au foyer, une bulle d'air entre *Une histoire simple* de Claude Sautet et *Clair de femme* de Costa-Gavras. Le soleil dont elle manque tant lui a réchauffé la peau et le cœur. Et le fait d'être au bout du monde lui a permis de profiter de chaque instant.

Son retour forcé l'arrache à l'insouciance : Harry Meyen, son ex-époux et père de son fils David, s'est suicidé. Il s'est pendu avec une écharpe à l'échelle de secours de son appartement, à Hambourg. Une fois arrivée à Paris, Romy se rendra seule en Allemagne. Elle ne souhaite pas que David assiste aux obsèques de son père. Ce n'est pas la place d'un enfant de douze ans.

Il partira avec Daniel dans leur maison de Ramatuelle. Daniel prend très à cœur son rôle de père de substitution, un rôle que Harry a délaissé ces dernières années. Et David a depuis longtemps compris l'équilibre que Daniel apporte dans la vie de sa mère. Cet homme de onze ans plus jeune qu'elle lui rend la vie plus légère, plus sereine. Romy est plus apaisée même si les disputes sont de plus en plus fréquentes. Ce qui agace et blesse David, qui redoute leur séparation.

Romy a du mal à profiter des moments de bonheur, un certain mal-être la rattrape fréquemment, ces blessures intérieures qu'elle a partagées avec Harry et que seuls les médicaments apaisaient. Ce n'était pourtant qu'un répit. Elle avait pensé qu'à deux le chagrin serait moins difficile à surmonter, qu'il serait divisé par deux. Et elle s'en veut aujourd'hui de n'avoir pas réussi à le sauver de sa dépression. Elle aurait voulu le guérir de son passé et de l'ombre de la déportation qui planait sur lui et sa famille. N'est-ce pas ce qu'elle a cherché, toute sa vie, à accomplir ? Faire œuvre de réparation. Réparer les êtres fracassés par la vie pour avoir l'impression d'expier les fautes commises par d'autres, comme si sa vie tout entière en dépendait.

Arrivée à Orly, un premier flash l'éblouit. Puis un autre. Romy se doutait que la nouvelle allait traverser le Rhin, mais elle pensait que les photographes et les journalistes français respecteraient son intimité. Or, il n'en est rien. Ils viennent traquer dès sa descente d'avion le visage d'une femme en deuil. Et ils ne s'arrêteront pas là. Cet épisode n'est que le début d'une course-poursuite macabre.

La brutalité de ce retour à la réalité l'anéantit. Romy cherche la sortie. Mais pour se réfugier où ? Elle doit désormais affronter ce retour en Allemagne qu'elle redoutait tant.

Elle avait raison de l'appréhender. Les vieux démons sont de retour. La presse en a fait sa cible. Elle ne lui a pas pardonné son départ en pleine gloire, alors elle se venge aujourd'hui. Les médias la pointent du doigt, elle se retrouve sur le banc des accusés, unique responsable du destin tragique du dramaturge allemand. Pour la presse allemande, le jugement est irrévocable : si Harry Meyen s'est suicidé, c'est la faute de Romy Schneider.

Quoi qu'elle fasse, ce pays le lui reprochera toujours. Elle s'est faite à cette idée. Notamment depuis qu'elle a posé en une du magazine *Stern*, il y a huit ans, le 6 juin 1971, déclarant, parmi 373 autres Allemandes, avoir eu recours à l'avortement, à la suite du Manifeste signé par 343 Françaises deux mois plus tôt dans *Le Nouvel Observateur*.

Une initiative de la féministe allemande Alice Schwartzer. Alors en stage à Paris, la jeune journaliste avait souhaité, par ce coup médiatique, relayer le message revendiquant la dépénalisation de l'avortement, signé par de nombreuses personnalités, telles Catherine Deneuve, Simone de Beauvoir, Jeanne Moreau ou encore Marguerite Duras.

Par ce geste, Romy se servait de sa notoriété pour désigner publiquement une société régressive, empêchant les femmes de disposer de leur corps. Mais elle avouait surtout avoir enfreint l'article 218 du Code pénal allemand, dont elle demandait l'abrogation. Pour la presse, Sissi était devenue « une putain ». Pour avoir signé cet appel, une plainte avait été déposée contre elle au tribunal de Hambourg.

Romy risquait un procès et une condamnation de cinq ans de prison en plus d'une amende importante. Mais le nombre de femmes étant trop nombreux pour qu'elles soient toutes poursuivies, les charges qui pesaient contre elle furent abandonnées.

Hambourg. Cette ville où elle se rend précisément aujourd'hui. Cette ville dans laquelle le père de son fils a mis fin à ses jours. L'homme détruit par la machine nazie avec qui elle a vécu pendant huit ans, jusqu'à renoncer à son métier. Ce séducteur qu'elle a aimé passionnément jusqu'à se perdre. Et à qui elle part aujourd'hui faire ses adieux.

Février 1980
Paris

C'est une scène de bal. Deux cents figurants sont prêts à tourner un plan-séquence que le réalisateur a mis des heures à préparer dans cette salle de l'Hôtel Continental. Il ne manque qu'une comédienne. Romy. Elle s'est réfugiée là où elle sait qu'elle peut s'enfermer sans qu'on la fasse sortir de force. La loge maquillage. Ce cocon où elle aime passer des heures seule ou aux côtés de son équipe, en écoutant un peu de musique.

Cela fait plusieurs jours que Romy quitte subitement le plateau pour s'y réfugier. Pour une remarque mal comprise, ou pour un prétexte quelconque, elle s'interrompt en pleine scène. Parce que c'est Romy, on lui pardonne tout. Car chacun se doute que sa colère crie une souffrance. Les équipes techniques la laissent partir, elle revient souvent d'elle-même un moment plus tard.

De cet antre ouaté, elle entend les équipes de Francis Girod s'affairer, mais elle ne sort pas. Elle appréhende toujours le début d'un tournage. Ce moment où elle va devoir se révéler devant la caméra d'un réalisateur qui l'a choisie. Se mettre complètement à nu. Et s'il découvrait la supercherie ? Qu'il a fait le mauvais choix ? Qu'elle est une mauvaise comédienne ? Ou qu'elle est désormais trop âgée pour le rôle ?

Romy n'a jamais eu confiance en elle. Elle ne s'est sentie sûre d'elle que par instants, dans les yeux de tous les hommes qui l'ont aimée. Mais plus le temps passe, plus elle a peur de perdre la place qu'on lui a offerte, ou qu'elle s'est efforcée d'obtenir dans le cinéma français. Être unique, désirée et sublimée nécessite un combat de tous les instants. Et une lutte intérieure quotidienne. Par une attitude, un regard. Dans une langue qui n'est pas la sienne. Gommer ce petit accent allemand que beaucoup trouvent charmant est un exercice qui lui demande un certain effort pour faire partie de la « grande famille du cinéma français ». Romy n'est pas dupe, elle n'en fait pas vraiment partie. Mais elle doit rester sur la même ligne de départ que les grandes actrices françaises.

Quelqu'un vient de frapper. Romy entrebâille la porte. Une comédienne s'approche d'elle pour se présenter. C'est sa partenaire, Noëlle Châtelet, une jeune femme timide et impressionnée par l'actrice allemande. Elle a six ans de moins que Romy et doit jouer le rôle d'une femme dont elle tombe amoureuse.

Romy retient son prénom, mais ne l'écoute pas. Elle court immédiatement se recroqueviller dans un fauteuil de la loge. Comme paralysée, elle confie à cette jeune inconnue sa peur. Son angoisse. Complètement désemparée, Romy lui prend les mains, comme si elle se raccrochait à une bouée de bateau en pleine mer.

Noëlle Châtelet tente de la rassurer comme elle le peut – car elle aussi a peur – et ressort quelques minutes plus tard de la pièce, bouleversée par la détresse de cette femme qu'elle pensait inébranlable. Elle se dépêche d'aller lui acheter un bouquet de fleurs pour la consoler en urgence. Mais lorsqu'elle revient, Romy a déjà filé. Elle dépose les fleurs à son intention.

Est-ce la peur de ne pas être à la hauteur devant la caméra de Francis Girod qui la rend si vulnérable ? La peur de ne pas arriver à jouer le rôle d'Emma Eckhert, femme d'affaires à l'ascension fulgurante, forte et provocante ? Celle de décevoir Jean-Claude Brialy et Jean-Louis Trintignant ? Ou d'appréhender l'image de son visage fatigué ? Romy fuit depuis longtemps les miroirs pour éviter d'apercevoir son reflet.

Claude Sautet connaissait son bon profil, il savait la sublimer. Ce n'est pas le cas de tous les réalisateurs. Et qui souhaitera encore la filmer lorsque son visage sera ridé ? Les mois, les années passent et la multitude des rôles possibles s'amenuise. C'est la première angoisse d'une comédienne, la peur de ne plus être désirée.

Elle ne vit que pour cela. Tout désir se fait attendre, mais cette attente est intenable. Et quand le téléphone sonne enfin, quand un réalisateur lui dévoile son envie de la faire tourner, alors elle est prise, comme toute comédienne, entre le bonheur d'avoir été choisie et le vertige de devoir se dévoiler une nouvelle fois. Une attente qui l'épuise d'année en année.

Est-ce plus facile dans la vie ? Pas si sûr. Romy aime séduire. Elle aime aussi qu'on la séduise. Mais tous n'osent pas affronter son regard. Alors elle fait quelquefois le premier pas, offfrant des cadeaux aux hommes qui lui plaisent. Certains disent « draguant comme un homme ». Et quel homme lui résisterait ? A-t-elle fait peur à certains ? Oui, sans doute, mais ceux-là ont tout de suite fui. Les autres ont tous été éblouis. Par son caractère ? Son charisme ? Sa force ? Ou sa beauté ?

Romy n'aime pas ses mains qu'elle juge trop masculines. Mais cela, personne ne le sait. On lui parle de son visage à longueur de journée. Personne n'a remarqué qu'elle ne se maquillait jamais en dehors des plateaux pour l'oublier, pour que les autres, eux aussi, l'oublient. Pas pour l'enlaidir. Mais pour le laisser vivre.

La première scène avec Noëlle Châtelet va bientôt démarrer. Est-ce parce qu'elle a eu le sentiment de s'être trop livrée à cette jeune fille ? Romy a demandé que ce ne soit pas la comédienne qui répète la scène face à elle. Elle lui a préféré une doublure.

La scène de bal de *La Banquière* est enfin en place. Romy est maquillée et habillée, souriante. La caméra tourne. Action. Noëlle Châtelet s'avance vers Romy. Et marche malencontreusement sur le bas de sa robe. Romy demande l'interruption du tournage et s'éclipse. Noëlle

Châtelet s'en veut terriblement d'avoir provoqué un drame.

Francis Girod se détourne immédiatement de sa caméra pour tenter de la retenir. En vain. Le réalisateur est si découragé qu'il finit par s'asseoir par terre. Et c'est son premier assistant, Régis Wargnier, qui prend le relais. Les équipes se remettent en place en silence. Pendant ce temps, l'un des producteurs du film, Ariel Zeitoun, rejoint la loge de Romy afin de tenter de la faire revenir devant la caméra.

Rien n'y fait. Ni ses chuchotements devant la porte de Romy pour la convaincre d'ouvrir, ni les allers-retours de Francis Girod, ni les messages de nombreux membres de l'équipe. Au bout de plusieurs heures, tel un médiateur, le comédien Jean-Claude Brialy est envoyé en renfort. C'est son ami proche. Il sera le seul à réussir à la convaincre de rejoindre le plateau.

3 octobre 1980
Paris

On ne voit ni les corps meurtris ni le sang, mais les images filmées par les caméras de télévision permettent d'imaginer l'ampleur de la déflagration. Les premiers plans montrent les voitures calcinées qui étaient garées rue Copernic, les suivants dévoilent l'intérieur de la synagogue et les conséquences de l'attentat qui vient de la viser. Quatre personnes seraient mortes, seize autres blessées.

Romy fixe l'écran de son téléviseur. Elle est hypnotisée. Elle ne détache pas ses yeux de la foule qui se presse, tend l'oreille aux chants qui ont été choisis pour rendre hommage aux victimes. Elle lit l'émotion dans les yeux de Simone Veil quelques heures plus tard, lorsque celle-ci vient se recueillir sur place.

Romy imprime ces plans sombres dans sa tête. Elle est touchée en plein cœur, comme si cet événement mettait sa vie sur pause. L'antisémitisme qui frappe Paris ce jour-là fait écho à un projet qu'elle a depuis plusieurs mois. Il y a urgence.

L'actrice a en tête de tourner un film dont elle a imaginé le scénario, à partir d'un livre qu'elle a lu et qui l'a bouleversée, *La Passante du Sans-Souci*, un roman écrit par Joseph Kessel dans les années trente. Romy en a déjà parlé à celui qui pourrait la diriger, Jacques Rouffio, le réalisateur de *Sept morts sur ordonnance* qui a fait tourner son ami Michel Piccoli.

Cette histoire qui l'obsède et la fascine est celle d'une femme, Elsa Wiener, qui, contrainte de fuir l'Allemagne nazie, chante dans des cabarets parisiens. Son mari a été déporté en camp de concentration. Elle tente de survivre, accompagnée de Max, un enfant juif qu'elle a recueilli. Romy rêve d'interpréter Elsa, cette femme forte dont l'histoire est un cri d'alarme face à la montée du nazisme.

Depuis quelques années, Romy incarne des rôles de femmes qui ont vécu cette période, soit parce qu'elles étaient juives, soit parce qu'elles ont été victimes du nazisme. Ce qui apparaît pour les critiques de cinéma comme un choix particulier et non un refrain dans sa filmographie – *Le Train* ou encore *Le Vieux Fusil* – est pour elle une absolue nécessité.

Plongée dans son esprit comme dans un puits sans fond, Romy n'entend pas la sonnette qui résonne comme une alarme dans son appartement. C'est un coup sourd contre la porte de l'entrée qui la fait sursauter.

Elle s'assure d'un rapide coup d'œil, avant d'ouvrir, qu'il s'agit bien de son messager. Alors, seulement ensuite, elle entrouvre la porte. Et vérifie qu'il est bien porteur du paquet qu'elle attend. Romy embrasse cet homme à peine plus grand qu'elle qui vient lui apporter la délivrance qu'elle guette depuis des heures. Elle sait qu'il ne sait pas. Le culte du secret l'amuse autant qu'il l'agace.

Louis Bozon prend son temps. Il est en mission commandée par Marlene Dietrich. Il scrute les yeux de Romy dont Marlene lui a tant parlé, ces yeux qui, selon elle, ont beaucoup trop pleuré. Romy s'impatiente. Sa politesse l'empêche de lui refermer la porte au nez.

Il devine que Romy n'a qu'une hâte : ouvrir le paquet qu'il transporte.

Les deux femmes s'écrivent souvent, toujours en allemand. Elles s'envoient des enveloppes contenant parfois des objets. Comme ce jour où Romy, devant Jean-Claude Brialy, a émis le besoin d'envoyer immédiatement à Marlene la chaîne en or Boucheron qu'elle portait autour du cou. Une demi-heure plus tard, la réponse de la comédienne allemande arrivait avec deux chaînes, celle de Romy qu'elle lui rendait, ainsi que l'un de ses propres colliers.

Cela fait des semaines, des mois, que Marlene lui a demandé de faire ces allers-retours entre son domicile et celui de Romy, en toute discrétion. La star allemande ne se levant plus de son lit, elle passe ses journées allongée. Elle qui aimait tant cuisiner a dû cesser. Louis Bozon est même chargé d'éconduire les visiteurs : « Mme Dietrich ne reçoit personne. » Alors c'est lui qui vient à Romy.

Marlene lui disait simplement de « porter ce livre à Romy ». Les allers-retours se faisant plus réguliers, il s'était demandé si Romy était devenue soudain une lectrice assidue. Mais il s'était un jour permis d'en secouer un. Et les pièces du puzzle s'étaient alors immédiatement emboîtées dans sa tête. Il avait compris le subterfuge.

Les boîtes de somnifères et de Captagon, que Marlene lui demandait d'aller chercher à la pharmacie rue Montaigne et qui lui permettaient de rester quarante-huit heures sans dormir. Les coffrets de livres qui se multipliaient et que Marlene évidait de leur papier. Des livres qu'elle se faisait envoyer des États-Unis par sa fille ou qu'elle se procurait à la librairie américaine de l'avenue de l'Opéra.

La star allemande découpait donc l'intérieur de ces reliures pour y déposer ce poison destiné à Romy. L'ange bleu était devenu son ange noir. Un jour, il osera demander à Marlene Dietrich quel est le contenu de ces colis qu'elle fait parvenir à Romy. Elle le fixera d'un regard sombre ; il ne sera jamais plus chargé de jouer les transporteurs.

Octobre 1980
49, rue de Ponthieu, Paris

Mireille Darc, Yves Montand, Lino Ventura, Philippe Noiret. Les stars se pressent à l'entrée de la salle. Tout le cinéma français est réuni ce soir en l'honneur d'Alain Delon pour la sortie en salles de *Trois hommes à abattre.* Après *La Piscine* et *Borsalino*, c'est le septième film qu'il tourne avec le réalisateur Jacques Deray. Mais cette fois, Alain Delon en est aussi le coscénariste et le producteur, avec Alain Terzian.

C'est lui qui a souhaité que Romy soit présente, comme à chaque moment important de sa vie professionnelle. Elle a assisté en début de soirée à la projection du film en avant-première au cinéma Normandie, sur les Champs-Élysées, et s'est laissé convaincre de poursuivre la fête chez Régine, la célèbre discothèque créée par la Reine des nuits parisiennes, avec qui elle a joué notamment dans *Le Train*.

Ce n'est pas la première fois que Romy est invitée à prendre un cocktail ou à dîner rue de Ponthieu. Elle y a passé de nombreuses soirées avec Alain. Entre ces murs recouverts de miroirs se sont unis et désunis de nombreux couples. Régine en a fait un temple de la nuit où elle sait consacrer l'attention qu'il faut à chacun.

Les invités prennent place, goûtant aux breuvages les plus raffinés. Soudain, Romy a une idée. Une coupe de champagne à la main, un sourire au coin des lèvres, elle se penche vers Alain Terzian pour lui demander une faveur.

Accepterait-il de demander pour elle au disc-jockey de mettre « une musique romantique » ? Sa voix insiste sur cet adjectif. Romy répète le mot pour qu'elle soit sûre d'avoir été bien comprise. Elle insiste pour qu'on change de disque. Alain Terzian s'exécute.

Démarrent alors les premières notes de « Strangers in The Night » et la voix de Frank Sinatra. Romy se tourne une nouvelle fois vers son voisin en lui lançant comme un défi :

« Maintenant tu vas dire à ton pote de m'inviter à danser. » Sans un mot, Alain Terzian se dirige alors vers Alain Delon qui a tout entendu.

Cette chanson ne pouvait pas mieux leur correspondre. Alain Delon s'approche de Romy et lui tend la main, l'invitant à le rejoindre sur la piste de danse translucide sous laquelle apparaît un visage de panthère. Elle tend sa main à son tour et l'enlace. Alors qu'ils entament un slow, les convives s'écartent pour les observer. Le silence se fait. Les paroles et la voix envoûtante de Frank Sinatra donnent à la scène l'émotion que l'on retrouve dans les grands moments de cinéma. Tout se fige, plus rien ne semble exister à part les mouvements de ce couple sur la piste.

La chanson se termine sur leur baiser interminable. Romy et Alain ne semblent pas remarquer la standing ovation qui leur est consacrée. Toutes les personnes qui assistent ce soir à ce moment magique n'y voient pas un instant de cinéma, mais le baiser d'un couple mythique. Sans se douter que cette embrassade sera la dernière de leur histoire.

1er juin 1982
11, rue Barbet-de-Jouy, Paris

Il est seul à son chevet. Et il mesure à cet instant que ce sera la dernière fois. Pour ce qui est de cette vie terrestre.

Que pensait-elle de l'au-delà ? Ils n'en ont jamais parlé.

Pas plus de cela que de la mort, elle qui donnait l'illusion que la vie était synonyme d'éternité.

Ne disait-elle pas dans César et Rosalie *: « J'ai envie de vivre longtemps, très longtemps. Aussi vieille que mes enfants » ?*

Alain Delon souhaite être celui qui l'accompagnera pour son dernier voyage. Et pou-

voir ainsi graver cette ultime image dans sa mémoire.

Il se tient devant le cercueil, debout, puis très vite tombe à genoux.

Le visage de Romy devient plus flou à mesure que les larmes redessinent ses traits comme des vagues qui meurent au crépuscule.

Sur une feuille de papier, ses doigts tracent des mots qui donneront naissance à la plus belle lettre qu'il lui ait jamais écrite. Celle qui contiendra tout ce qu'il n'a jamais réussi à lui dire.

Son amour, ses erreurs, la blessure qu'il lui a infligée au moment de leur rupture, son admiration pour la comédienne qu'elle a été. Il évoque sa bouleversante beauté – jamais elle n'a été aussi belle –, ses colères, ses emportements imprévisibles, mais aussi le bonheur qu'il avait eu à vivre à ses côtés.

« Je te regarde dormir. Je suis auprès de toi, à ton chevet. Tu es vêtue d'une longue tunique noire et rouge, brodée sur le corsage. Ce sont des fleurs, je crois, mais je ne les regarde pas. Je te dis adieu, le plus long des adieux, ma Puppele. C'est comme ça que je t'appelais. Ça voulait dire "petite poupée" en allemand. »

Ses démons ressemblaient aux siens, ses fragilités il les comprenait. Ils étaient liés pour la vie et le seraient après la mort. Il était fuyant, colérique, séducteur, mais pour elle, même après leur séparation, il aurait décroché la lune.

Il souhaitait lui faire profiter de son succès quand il sentait qu'elle pouvait sombrer, comme le soir de l'avant-première de son film Pour la peau d'un flic. *Il avait souhaité qu'elle soit présente aux côtés de Mireille Darc et d'Anne Parillaud.*

Et même si le projet ne s'était pas réalisé, il avait souhaité acheter la maison où ils avaient tourné ensemble La Piscine, *dans le parc de l'Oumède, près de Saint-Tropez, à Ramatuelle, juste pour pouvoir garder pour lui ce lieu où ils avaient été heureux. Et où il avait retrouvé une Romy plus solaire que jamais. Comme s'il avait voulu conserver la pellicule d'un film mythique qu'il pourrait à tout moment se repasser.*

Alors, pour fixer encore un peu plus et à tout jamais le visage de cette femme qu'il a tant aimée, il prend un cliché d'elle dans son cercueil. Une photo qui traversera le temps. Et qu'il gardera toujours sur lui, jusqu'à ce qu'il la rejoigne. Un jour.

Avril 1981
Quiberon

Elle s'élance d'un rocher à l'autre, euphorique. Romy retrouve un instant son âme d'enfant. Ces sauts qu'elle faisait, petite fille, dans les montagnes de Berchtesgaden. Le vent qui s'immisce dans son foulard rouge dessine dans son dos la courbe d'une étoile filante. Elle s'arrête pour fixer l'horizon. Elle se retourne de temps à autre quand le photographe l'appelle pour immortaliser son sourire sur un cliché.

Devant elle, la mer s'étend à perte de vue. Devant elle, c'est le large, le silence et la liberté. Le bruit des vagues l'apaise, que ce soit celles de Quiberon ou de Ramatuelle. Romy aime le soleil du Sud, mais elle découvre ici le climat vivifiant apporté par les marées. Ce lieu est rude, hostile, mais elle en aime la nudité. Aucun regard n'est posé sur elle. Elle se surprend à penser que cela n'arrive presque jamais.

Aucun regard, à part celui de Robert Lebeck qui essaie péniblement de la suivre de rocher en rocher. Elle saute, rit aux éclats, puis s'accroupit et s'abandonne. En lui, elle a toute confiance. Il sait mettre un filtre même quand elle-même n'en a plus. Derrière l'objectif, son œil capte l'intime mais son regard n'est jamais voyeur. Aucun photographe n'a réussi à montrer à ce point la réalité de son monde intérieur.

Face à lui, elle ne peut mentir. Elle est peut-être la seule à deviner sur ses photos les tourments qui l'assaillent. Elle se trouve vraie. La Romy qu'elle voit sur papier glacé est celle qui l'habite. Elle le provoque parfois en souhaitant lui montrer une part encore plus intime d'elle, comme, quelques mois plus tard, la cicatrice de son opération du rein qu'il se refusera, malgré son insistance, à immortaliser.

Elle voudrait que cet instant jamais ne s'arrête. Car derrière elle, c'est le vacarme du monde, les angoisses qui l'assaillent et les paparazzis qui la traquent. Pour pouvoir sortir à l'air libre, elle a une nouvelle fois dû passer par les sous-sols de l'hôtel pour leur échapper, grâce à la complicité de l'un des cuisiniers. Elle n'en peut plus d'entendre leurs Golf GTI faire des allers-retours sur le parking.

Comme si les fauves étaient lâchés. Elle en rêve, la nuit, de ces ombres qui s'approchent pour la dévorer. C'est en partie eux qu'elle a cherché à fuir en quittant Paris. Il n'y a qu'ici, sur les rochers, qu'elle peut les semer et à l'intérieur de sa chambre qu'elle se sent protégée. Ils disparaissent alors de ses pensées. Où devra-t-elle encore s'échapper, sinon ? Se peut-il qu'un jour elle ne trouve plus d'issue ?

La notoriété est-elle un poison qui se fraie un chemin de façon insidieuse et sinueuse, au fil des années, jusqu'à emprisonner complètement le corps ?

Cet hôtel où elle vient régulièrement, face à la baie de Quiberon, pour soigner son corps, lui permet avant tout d'apaiser son âme. Hygiène alimentaire, douches d'eau de mer à la température du corps, soins avec application d'algues, Romy n'accepte l'enchaînement d'un tel emploi du temps que parce que, justement, elle a des repères. C'est quand elle n'en a plus et qu'elle est livrée à elle-même qu'elle se sent perdue. Elle qui fait décaler des journées entières de tournage s'astreint ici à une cure de dix jours dont la durée ne peut être réduite.

Que ce soit dans les couloirs clairs de ce bâtiment des années 1970 où sont alignées des chambres feutrées, ou à la table du restaurant où elle dîne souvent seule, Romy oublie la comédienne. Elle partage la cure avec des gens qui ne savent même pas qui elle est. Elle parle à des Français qu'elle n'aurait jamais rencontrés autrement.

Comme ce pêcheur rencontré dans un bar de la ville avec qui elle a esquissé quelques pas de danse. Elle avait décidé de briser sa solitude. Et de sortir. De faire fi de l'hygiène alimentaire imposée, même si elle l'avait choisie. Elle avait décidé d'accorder une interview à *Stern*, à condition qu'elle soit faite par un journaliste qu'elle connaissait, Michael Jürgs, et que les photos soient réalisées par son ami « Lebo », Robert Lebeck.

Elle avait demandé aux deux Allemands de la rejoindre ici, à Quiberon, autour d'un bon verre de vin. Comme pour se préparer avant de s'adresser à la presse allemande. Avait-elle décidé de se confier ? Ou la douceur de cette soirée avait-elle fait tomber les résistances qu'elle avait habituellement ? Ou était-ce encore la présence rassurante de son amie d'enfance à qui elle avait demandé de venir lui tenir compagnie ?

Robert Lebeck l'a photographiée des dizaines de fois et ce soir-là, elle avait accepté de ne pas poser. Elle savait qu'il capterait l'essentiel. Elle riait, son visage irradiait. Elle portait un fichu comme les jours où elle ne travaillait pas. Les photos ne sont que de grands éclats de rire, Romy faisant de larges gestes, une cigarette à la main. Son bonheur envahit la pièce au milieu des volutes de fumée.

Elle est loin, la jeune fille timide que Robert Lebeck avait photographiée à l'âge de vingt ans dans un bal où son air emprunté la tétanisait. Mais dans ses yeux, une chose n'avait pas changé : son souhait d'être aimée. Romy était en quête d'absolu et cela transpirait toujours autant sur la pellicule. Elle l'avait souvent raconté à « Lebo » qui la comparait à l'image d'une chandelle qui brûle par les deux bouts. Romy se consumait.

Quelques années plus tôt, en Autriche, sur le tournage de *Portrait de groupe avec dame,* elle l'avait appelé dans sa chambre d'hôtel. Assise sur son lit, elle lui avait demandé de lui retirer ses grandes chaussettes qui montaient jusqu'aux genoux. Ils avaient parlé toute la nuit. Quelques heures plus tard, de retour dans sa chambre, il avait trouvé un mot d'elle sous sa porte avec ces mots : « Tu me fais peur et je me fais peur, oublie-moi vite mais, sois gentil, passe me dire bonne nuit. »

Ce soir-là à Quiberon, Romy revient sur sa vie et ses angoisses entre deux verres d'alcool. Elle se méfie des journalistes et conspue une nouvelle fois cette « presse de merde », « Scheißpresse », une expression qu'elle scande en allemand. Puis Romy est intriguée par un homme qui s'est approché d'elle, un pêcheur avec un béret à pompon.

Il s'arrête devant elle et il lui demande si elle est bien Sissi, n'est-ce pas ? Son visage soudain se fige et elle lui répond, l'air grave : « Non, je suis Romy Schneider ! » Puis, quelques minutes plus tard, elle se lève et se dirige vers cet homme qu'elle ne connaissait pas quelques minutes plus tôt. Elle l'enlace. Et ils entament un pas de danse sur un air des Beatles, « Help ».

L'instant est immortalisé par Robert Lebeck. Les clichés montrent une femme en jean et chaussures d'homme tenant par le cou un homme plus grand qu'elle. Ils semblent seuls dans ce restaurant aux tables désertes. De retour à sa table, l'interview de Michael Jürgs à Romy commence justement par la question pas anodine de cet inconnu.

« Pourquoi ça vous fait tellement peur qu'un homme vous demande, les yeux brillants, si vous êtes Sissi ? – Parce que je déteste cette image. Qui suis-je encore pour les gens, sinon encore et toujours cette petite princesse de feuilleton ? Mais il y a longtemps que je ne suis plus Sissi. Je ne l'ai d'ailleurs jamais été. Je suis une femme malheureuse de quarante-deux ans et je m'appelle Romy Schneider. »

Romy danse et Romy parle entre deux verres de vin blanc. Elle se confie comme elle l'a rarement fait. Sur les hommes de sa vie, Harry Meyen mais aussi Alain Delon, ses enfants pour qui elle cherche un appartement, sa peur de ne plus jamais tourner, les tournages dont elle a besoin pour gagner de l'argent, mais aussi son souhait de faire une pause. Des confidences qui disparaissent entre deux volutes de fumée.

Romy est rentrée plus tôt que prévu à Paris. Ses excursions sur les rochers, face au centre de thalassothérapie, l'ont conduite au repos forcé. Alors qu'elle sautait de rocher en rocher devant l'objectif du photographe, elle a glissé sur une pierre humide et s'est cassé le pied. C'est une femme immobilisée que retrouvent quelques jours plus tard Michael Jürgs et Robert Lebeck lorsqu'ils lui rendent visite dans son appartement parisien.

Elle leur avait demandé de pouvoir relire l'interview et jeter un œil aux photos. Le pied dans le plâtre, Romy est d'excellente humeur malgré sa peur de devoir décaler le tournage de son prochain film, *La Passante du Sans-Souci*. Sa fille Sarah manifeste son bonheur d'avoir sa mère auprès d'elle encore quelque temps, avant un nouveau départ.

La nostalgie n'est plus ce qu'elle était, c'est le titre du livre de Simone Signoret que Romy tient entre ses doigts courts, sur l'un des clichés que lui présente « Lebo ». Romy n'aime pas ses mains. Mais la photo est belle. Le visage de cette comédienne la bouleverse. Elle aime tout ce qu'elle est et tout ce qu'elle représente. Et elle aime ce face-à-face sur la photo entre leurs deux regards.

Romy doit relire l'interview qui paraîtra le 23 avril dans *Stern*, elle qui refuse presque systématiquement de parler aux organes de presse allemands, ne sachant jamais comment ses propos seront perçus. Romy décide de faire confiance aux deux hommes qui se tiennent devant elle. Elle ne relit rien et appose sa signature, avec ces mots griffonnés sur la page : « Je vais continuer à vivre, sacrément bien. »

5 juillet 1981
Saint-Germain-en-Laye

Autour d'elle, les infirmières font des va-et-vient en silence. Elle n'ose les interrompre dans leur trajet millimétré. Elle est assise sur un petit banc dans ce couloir si froid qu'elle a l'impression d'être dans l'antichambre de la morgue. Les murs blancs recouvrent son visage et son corps tout entier.

Elle attend le moment où la porte va s'ouvrir. Cette porte battante derrière laquelle des vies sont en suspens. Le temps s'est arrêté. Aujourd'hui, c'est la vie de son fils qui est en jeu.

Romy ne peut détacher ses yeux de ces deux mots, bloc opératoire, dont les lettres deviennent de plus en plus floues au fil des heures, formant d'autres noms comme « OPÉRA », « TERRE », « PÈRE », ou « ROI ». David, son Roi. Son enfant de quatorze ans est allongé derrière cette cloison, entre la vie et la mort. Il a fait une chute alors qu'il tentait d'escalader le portail de la maison de ses grands-parents.

La mère de Daniel a prévenu Romy par téléphone. En quelques mots entrecoupés de sanglots. David aimait passer du temps dans cette grande bâtisse de Saint-Germain-en-Laye, presque à la campagne, chez les Biasini, devenus, comme il le disait lui-même, ses grands-parents. Dernièrement, il y vivait presque à temps complet, bien que sa mère fût séparée de Daniel.

Quelques jours plus tôt, Romy avait demandé par téléphone à son fils de la rejoindre dans son appartement parisien de l'avenue Bugeaud. Mais David avait une énième fois refusé. Romy en avait été blessée. Son fils lui en voulait-il qu'elle soit en train de refaire sa vie avec un nouveau compagnon, Laurent Pétin ? Elle ne supporte pas l'idée que cet échange, qui s'est soldé par une dispute, puisse être l'une de leurs dernières conversations.

Romy attend depuis près d'une demi-heure. Elle n'a cessé de pleurer. Elle interpelle les soignants qui sortent du bloc opératoire et glane des détails auprès de ceux qui ont vu David avant le drame et qui accourent à ses côtés, espérant la réconforter. Mais Romy est seule face à l'attente. Elle est seule avec son chagrin.

Pour garder le contact avec David, elle rembobine la pellicule dans sa tête : elle voit son fils heureux, ses cheveux blonds étincelants en ce dimanche après-midi ensoleillé de juillet, de retour de son cours de tennis, son sport préféré. Romy l'imagine devant la maison, découvrant le portail fermé, lui permettant ainsi de réitérer un exploit qu'il a déjà pratiqué : escalader l'obstacle de deux mètres de haut.

N'a-t-il pas voulu déranger sa famille ou s'est-il dit qu'il arriverait une nouvelle fois à sauter par-dessus le portail ? Il s'est élancé. Mais il a subitement perdu l'équilibre et les pointes de métal de la grille lui ont perforé l'artère fémorale. C'est ce que le médecin expliquera à Romy. Pour l'heure, elle préfère imaginer son fils sans blessures, en tenue d'été, le sourire aux lèvres, ses mèches blondes lui frôlant les paupières.

Son cri, en tombant, a déchiré le silence. Daniel Biasini et ses parents, depuis l'intérieur de la maison, se sont précipités vers lui. Le temps que les secours arrivent, Daniel a pansé sa blessure et n'a cessé de lui parler pour le maintenir éveillé. Il est resté à ses côtés dans l'ambulance, jusqu'à ce qu'ils arrivent à l'hôpital. Les couloirs défilaient à toute vitesse.

David était encore en vie. Des blouses blanches virevoltaient, leur libérant le passage jusqu'aux deux portes battantes du bloc opératoire. David était transporté sur un brancard auquel se raccrochait Daniel. Il avait promis à celui qu'il considérait comme son fils de rester près de lui. L'adolescent a été installé sur la table d'opération. Conscient. Pendant que l'équipe médicale se mettait en place.

On a demandé à Daniel de bien vouloir sortir. L'opération allait commencer. Alors qu'il faisait quelques pas à reculons, David l'a interpellé par un « Dan », comme il avait l'habitude de l'appeler. Daniel s'est immédiatement rapproché du lit. L'adolescent lui a alors murmuré cette question qu'il n'oubliera jamais : « Dan, je ne vais pas mourir ? »

Daniel a tout fait pour masquer les larmes qui commençaient à monter. Et a raclé sa gorge sèche pour pouvoir émettre un son. Bien sûr que non, tu ne vas pas mourir. La vie est devant toi. On ne meurt pas à quatorze ans. On ne peut pas, on ne doit pas mourir à quatorze ans. David, ta mère t'attend. Elle a besoin de toi. Vous avez des mots à vous dire et des voyages à accomplir. Des baisers à échanger.

Daniel est sorti du bloc. Abasourdi. La chemise maculée de sang depuis qu'il avait porté David dans ses bras après sa chute. Et il est resté prostré, seul, pendant que l'équipe médicale était en train de s'affairer pour le sauver. Jamais il n'avait éprouvé un tel amour pour cet adolescent qui avait demandé à changer de nom de famille pour porter le sien, Biasini. Les démarches administratives étaient en cours.

Daniel n'a pas vu les portes battantes s'ouvrir une nouvelle fois pour laisser entrer le chef de service, le Dr Thierry Montariol, venu rejoindre le médecin de garde pour cette opération abdominale délicate. Lui aussi jouait au tennis quand il a été appelé en urgence par l'infirmière pour une intervention sur un jeune garçon. Il n'avait pas de détails mais a immédiatement changé son survêtement pour sa blouse de chirurgien.

Romy n'était pas encore arrivée lorsqu'il est entré superviser l'opération. Les heures qui passent à toute allure. La lenteur des pas des soignants autour du patient. La précision chirurgicale des gestes. Le cliquetis des instruments. L'énoncé des consignes. Les mots échangés. Et puis le silence. Le ralentissement des mouvements. L'échange des regards. Les masques déposés. La vie a filé.

Le Dr Montariol sort de l'opération dont il a été, pendant des heures, le chef d'orchestre. Il est maintenant chargé d'annoncer la nouvelle à cette femme prostrée qui espère encore. Le chirurgien a cru à un miracle au tout début de l'intervention, même si les lésions étaient importantes.

David s'est éteint. Romy ne quitte pas des yeux la bouche du médecin devant elle. Les yeux du Dr Montariol ont déjà parlé pour lui. Il essaie de trouver les mots pour réconforter cette femme, cette mère anéantie par une blessure indescriptible. Il continue à égrener des mots comme des points de suspension. Il souhaite la laisser à son chagrin. Les larmes de Romy redoublent, mais elle ne chancelle pas, elle reste digne pour David.

Lui tenant le bras, il lui propose de s'avancer un peu plus loin, dans un lieu où ils pourront dialoguer à l'écart. Ils s'assoient dans une pièce sans âme, l'ancien bloc opératoire qui sert désormais d'antichambre où sont annoncés les drames. Autour d'un café, le Dr Montariol tente de la faire parler. De lui faire exprimer sa douleur.

C'est peut-être à cet instant qu'il comprend que cette femme devant lui est Romy Schneider. David ne portant pas le nom de sa mère, il ne pouvait pas deviner. Une image qui passe comme un mirage. Car très vite, alors qu'elle commence à parler, il oublie la comédienne pour ne plus écouter que la souffrance d'une mère.

David. Un être solaire. Il avait quatorze ans et l'avenir devant lui. Plus que son fils, il était son confident, presque son conseiller de vie. Son « compagnon », avait-elle dit en parlant de lui lors d'une interview deux jours plus tôt. Il était passionné par le cinéma et lisait chaque scénario qu'elle recevait. Il n'hésitait pas à lui donner des conseils ou à corriger son accent si elle accrochait sur une voyelle.

David était sa boussole, celui qui lui donnait la force de continuer son métier quand elle n'en avait plus l'énergie. Pour lui, elle aurait tout donné. Elle voudrait échanger sa vie contre la sienne. Le rêve de David était de devenir pilote d'avion, un avenir qui l'effrayait elle, sa mère. Ses angoisses sont désormais superflues.

Elle repense à un souvenir de tournage. Romy avait demandé à Bertrand Tavernier d'embaucher David. Elle souhaitait qu'il soit présent, pas seulement comme une ombre sur le tournage, mais tout près d'elle, pour qu'il puisse lui murmurer à l'oreille des conseils. Devant l'insistance de sa mère, le réalisateur avait cédé et avait confié à David un rôle d'assistant, du haut de ses quatorze ans. Il avait lu le scénario, avait fait répéter à sa mère ses répliques comme un adulte. Romy avait besoin de son regard.

En échange de la présence de son fils, elle se devait d'être irréprochable. Bertrand Tavernier lui avait dit dès le début qu'il n'avait que quarante jours de tournage et pas les moyens de dépasser les délais. Elle n'avait pas eu une seule minute de retard. Elle avait même, un jour où elle avait demandé à tourner une prise supplémentaire, dit d'emblée au chef opérateur Pierre-William Glenn qu'elle paierait cette « heure sup ».

Romy avait ensuite insisté auprès de Bertrand Tavernier pour que David soit de l'autre côté de la caméra. Qu'il apparaisse dans l'une des scènes du film qui ne soit pas coupée au montage. C'est la seule et unique fois où mère et fils partagent ainsi leur passion du cinéma. David a un rôle de figurant et peu de spectateurs savent qui il est. Une tête blonde parmi d'autres enfants et une nuée de techniciens et d'acteurs qui les entourent.

Des enfants virevoltent dans le jardin public et Romy s'arrête devant lui. Elle s'accroupit à sa hauteur alors qu'il joue avec son ballon. Ils se sourient. Elle prononce quelques mots et puis il disparaît comme il était arrivé. C'est l'unique moment de leur vie où ils sont réunis sur grand écran. Pour l'éternité. Romy pourra-t-elle revoir un jour ce film dont le titre est *La Mort en direct* ?

1er juin 1982
11, rue Barbet-de-Jouy, Paris

Nul n'a eu besoin de les tirer. Les rideaux de l'appartement n'ont pas été ouverts depuis la nuit du drame.

Dans quelques heures, la dépouille de Romy sera transportée dans son cercueil au cimetière de Boissy-sans-Avoir, dans les Yvelines.

C'est dans cette petite bourgade, étrangement, que Romy devait se rendre, à la mairie, le lendemain de son décès.

Elle s'est éteinte à quelques heures d'un rendez-vous auquel elle tenait plus que tout.

Ce 29 mai, Romy était attendue à la mairie de Boissy-sans-Avoir, en région parisienne, un petit village où elle avait acheté une résidence un mois plus tôt. Une maison de campagne comme on en voit dans les films, un lieu bien à elle où elle avait décidé d'enfin poser à la fois ses effets personnels et les bagages qui lui pesaient. Où elle allait pouvoir vivre en paix entourée de ceux qu'elle aimait. Une maison où elle souhaitait que résonnent des rires d'enfants. Un cocon qui abriterait des baisers volés, une histoire d'amour comme elle en avait vécu dans les films de Claude Sautet.

Une maison en pierre, entourée d'arbres sous lesquels elle respirerait un air pur et qui lui permettrait de mettre fin à cette errance qui l'épuisait, cette course entre différents appartements meublés, au gré de ses humeurs et histoires d'amour, pour fuir, aussi, les photographes qui la traquaient et le fisc qui l'asphyxiait.

Ce 29 mai, Romy s'apprêtait à régler les derniers détails qui allaient permettre à David de la rejoindre tout près de ce havre de paix. Elle avait tout organisé pour que le corps de son fils soit rapatrié du cimetière de Saint-Germain-en-Laye à celui de Boissy-sans-Avoir.

Cette maison, elle en avait souvent rêvé. Et elle l'avait trouvée. Au bout d'un chemin, sans voisins, près du village mais à sa sortie, au milieu des prés mais assez en hauteur pour pouvoir apercevoir le clocher de l'église au chevet de laquelle elle souhaitait que David repose.

Quelques heures avant son décès, assise au petit bureau au-dessus duquel elle avait affiché le sourire de son fils, elle pensait à lui en griffonnant quelques mots sur ses carnets. Redoutait-elle ce rendez-vous qui allait une nouvelle fois lui rappeler la cruelle réalité de son absence ? A-t-elle préféré l'éviter ? S'est-elle laissée glisser tout doucement dans ce monde où elle savait qu'elle retrouverait David ?

Ce 29 mai, plusieurs employés de la mairie de Boissy-sans-Avoir se préparaient à attendre Romy. En vain. Ils ne pouvaient pas se douter qu'elle avait rendez-vous avec son destin.

7 juillet 1981
Saint-Germain-en-Laye

Elle s'avance à petits pas, tout habillée de noir. Elle n'est pas très grande, mais paraît encore plus petite et menue que d'ordinaire. Son visage est encadré par un fichu noir et des lunettes sombres. Seul son bouquet de fleurs claires est un point lumineux. À sa gauche, Alain Delon la soutient par le bras. Quant à son frère, Wolf, il ne la quitte pas du regard.

La traque a commencé. Elle peut désormais reconnaître ces regards qui scrutent sans relâche les malheurs des êtres. Ils errent comme des vautours autour de la chapelle de l'hôpital de Saint-Germain-en-Laye où David attend dans son linceul le dernier hommage que sa mère a organisé pour lui.

Il y a quelques heures à peine, pendant que le père Colmou préparait la cérémonie, deux photographes ont tenté d'entrer pour prendre des clichés des lieux. Un photographe américain lui a même proposé de l'argent contre des informations sur le déroulement des obsèques. L'homme de foi est resté de marbre, se contentant de fermer la porte de la chapelle à clé. Romy entrera par une galerie latérale.

Elle s'est installée tout près de lui. Pour ne pas le quitter du regard. Pour passer encore un peu de temps à ses côtés. Pour l'accompagner jusqu'au seuil de ce voyage qu'elle aurait aimé effectuer à sa place. Comment trouve-t-elle encore la force de tenir debout ? Ces dernières heures, ses proches n'ont pas souhaité la laisser seule, la veillant comme une enfant, du lever au coucher.

Ils sont une cinquantaine ce jour-là, à écouter dans un silence sépulcral le curé égrener, en aube et étole blanches, le *De profundis*. Alain Delon prend la parole pour prononcer quelques mots écrits par Saint-Exupéry. Daniel Biasini pleure celui qu'il considérait comme son fils. Tous se gardent de porter les yeux sur Romy dont les larmes ont depuis deux jours éteint le visage.

Le père Colmou raccompagne ensuite le petit cercueil de chêne clair jusqu'au corbillard. Il le bénit une dernière fois. Les amis et les proches se dirigent en procession vers le cimetière communal. Romy ne voit ni n'entend les accrochages des gardiens de l'hôpital avec des journalistes et certains paparazzis. Des appareils photo sont repoussés, une caméra est mise hors d'état de nuire.

C'est le moment des adieux. Romy dépose un coussin de lys blancs sur la sépulture de son fils. David. « Daavid », comme elle l'a toujours prononcé, avec cet accent allemand qui le faisait tant rire et qu'il s'évertuait à corriger. Romy enterre David Haubenstock, qui portera dans la mort le vrai patronyme de son père, Harry Meyen.

Raccompagnée et soutenue par son frère et Alain Delon, Romy s'engouffre dans une voiture sombre. Elle n'a qu'une hâte, se retrouver seule pour passer un moment en pensée avec lui. Arrivée à Paris, dans son appartement, elle s'assoit devant le petit secrétaire où elle aime écrire. Elle en tire un carnet sur lequel elle consigne depuis son enfance des bribes de son intimité.

Ce soir, alors que les larmes noient son encre, elle écrit ces quelques mots.

« Pourquoi tout cela me frappe-t-il ?
David est tout ce que j'aime.
J'ai enterré le père. J'ai enterré le fils.
Je ne les ai jamais quittés, ni l'un ni l'autre.
Et moi non plus, ils ne m'ont jamais quittée. »

Octobre 1981
Berlin

Les spots l'éblouissent. Romy est figée comme une statue face au miroir de sa loge. Elle scrute les plis autour de ses paupières, les cernes laissés par la fatigue, les rides qui ne pourront bientôt plus être camouflées. À la racine de son grand front, des cheveux blancs ont fait leur apparition.

Romy a mis plusieurs mois avant de reprendre le chemin des plateaux. Cette loge est le dernier sas avant le grand saut. Il n'y a plus guère que là qu'elle peut se soustraire aux regards qui lui pèsent. Être seule et se laisser aller à son chagrin. Chaque nuit est une blessure, chaque matin une épreuve. Pour que le visage de David ne s'estompe pas de sa mémoire, des clichés de ses sourires l'accompagnent partout. Chez elle, au-dessus de son petit secrétaire, dans son sac à main, mais aussi dans sa loge. Romy a accroché de part et d'autre du miroir des photos de lui, plans serrés de son visage lumineux.

De temps en temps, elle caresse l'une de ses joues sur papier glacé. Remonte jusqu'à ses tempes sans pouvoir glisser sa main dans ses cheveux blonds. La pensée que cet adolescent restera une image à jamais figée la plonge dans un état de profond désespoir. Pourtant, c'est bien lui, David, qui doit lui donner la force de continuer à jouer. Comme un automate.

Ce tournage semble maudit. Depuis des mois, les épreuves s'accumulent mais Romy est bien décidée à aller jusqu'au bout, à condition que ses forces le lui permettent. Son âme est blessée, et son corps commence à flancher. Comme un pantin désarticulé prêt à se briser.

Ce film, elle en a rêvé, en a eu l'idée et l'a proposé à Jacques Rouffio. Depuis le jour où elle a lu ce texte de Joseph Kessel, elle n'a cessé de penser qu'elle porterait *La Passante du Sans-Souci* sur grand écran.

Romy se souvient des premiers jours de cette aventure cinématographique, les prémices d'un film qui sont pour elle comme les débuts d'une histoire d'amour. Les décors étaient prêts à Berlin, elle se réjouissait de rencontrer l'équipe du film. Elle s'impatientait à l'idée de retrouver Michel Piccoli. Mais à la fin du mois de mai, la douleur lancinante est devenue fulgurante et l'a immobilisée à Paris. Jacques Rouffio s'est montré patient. Il lui promettait de l'attendre.

Les médecins de l'Hôpital américain à Neuilly lui ont diagnostiqué un début de tumeur cancéreuse au rein droit. Romy n'avait pas encore joué une seule scène que sonnait déjà le clap de fin. Jacques Rouffio l'a ménagée, lui épargnant les pressions dont il faisait l'objet de la part du producteur allemand qui lui disait ne plus pouvoir attendre. Plus les jours passaient, plus il perdait de l'argent. Jusqu'à ce qu'il lui annonce un jour qu'il allait reprendre le tournage du film, mais sans Romy.

Le producteur avait déjà le nom de Hanna Schygulla en tête. Une Allemande plus jeune qu'elle, égérie de Rainer Werner Fassbinder. C'est Jean-Louis Livi, son agent, qui le lui a annoncé sur son lit d'hôpital. Un rein lui avait été retiré, l'opération s'était bien déroulée mais Romy était extrêmement affaiblie. Cette annonce pouvait la fragiliser davantage ou au contraire lui donner envie de se battre. C'était quitte ou double.

Au moment où Jean-Louis Livi lui a clairement signifié la possibilité que le film se fasse sans elle, Romy a trouvé la force de se dresser sur son lit, portée par un élan de colère. Personne n'interprétera ce rôle à part elle ! Il n'en était même pas question. Ce projet était le sien, on ne le lui volerait pas. Elle trouverait la force de reprendre le tournage. Elle était prête à déplacer des montagnes.

Romy doit donc affronter le tournage et se laisse aller au rituel qui l'apaise dans sa loge. Elle prend le temps de se coiffer et dit bonjour à son maquilleur. Elle se dirige ensuite vers le petit tourne-disque qu'elle a installé dans un coin de la pièce et met tour à tour les musiques de Leonard Cohen, Simon & Garfunkel, *Hair* et Barbara, qu'elle écoute en silence.

Vient le moment de répéter son rôle. Romy se place face au miroir et demande à Jean-Pierre Eychenne de lui donner la réplique. Le maquilleur se met dans la peau de son partenaire. Elle ne le regarde pas. Son visage change. Romy devient Elsa, le personnage, à mesure qu'elle s'approprie le texte. Agacée lorsqu'elle bute sur un mot. Une syllabe. Ce sas lui est indispensable avant de se mettre à nu. Romy grappille auprès du réalisateur, puis de son assistant, quelques minutes, quelques heures avant d'entrer en scène.

Après son opération du mois de mai, elle avait promis de prendre la direction de Berlin avant la fin de l'été. Mais le 5 juillet, sa vie avait été mise sur pause, la mort de David avait recouvert d'un voile les couleurs de son existence. Rien d'autre ne la raccrochait à la vie. Pas même les êtres qui partageaient son intimité.

Ils étaient plusieurs à se relayer à son chevet, à accompagner sa solitude pour être sûrs qu'elle ne sombre pas. Tous redoutaient qu'elle mette fin, une fois pour toutes, à son chagrin. Laurent Pétin multipliait les appels téléphoniques à Jacques Rouffio, le suppliant de commencer le tournage au plus vite pour maintenir sa compagne en vie.

Romy se doit d'être Elsa. Rien ne doit transparaître de ses tourments intérieurs. Mais la scène qu'elle s'évertue désespérément à jouer ce matin-là fait étrangement écho à son destin. La séquence est troublante et difficile. Tout est en place. Elsa dans un cabaret parisien, en train de dîner face au jeune garçon qu'elle protège, Max, ressemblant étrangement à son fils.

Romy étouffe. Romy s'éclipse. Et s'enferme dans sa loge. Se retrouver face à un visage d'enfant est au-dessus de ses forces. Depuis la veille, toute l'équipe redoutait cette scène. Jacques Rouffio s'y était préparé et avait sensibilisé l'équipe.

Comme souvent, c'est Claire Denis, l'assistante-réalisatrice, qui, tel un émissaire, essaie d'extirper Romy de son chagrin. Des coups légers, répétés contre la porte fermée, une voix douce qui la console. Elle entre en silence. Romy est recroquevillée dans un fauteuil et demande à Claire Denis l'autorisation de lui emprunter la paire de petites boucles qu'elle porte aux oreilles. Des bijoux aigue-marine qui lui ont été offerts par l'épouse de Michel Piccoli dans la boutique d'un antiquaire à Berlin. Des perles bleues qui brillent comme un espoir.

Romy retire les siennes et les échange avec celles-ci. Une façon de gagner encore quelques minutes, sans doute, avant de jouer cette scène qu'elle redoute. Puis elle se lève et rejoint le plateau du tournage où l'équipe de techniciens patiente depuis le matin. Jacques Rouffio leur avait demandé de ne pas s'éloigner, au cas où Romy réapparaîtrait.

Quand Romy s'élance dans sa tenue vaporeuse aux reflets moirés, Jacques Rouffio est plus que jamais concentré. Il sait déjà qu'il ne multipliera pas les prises. Il commence par filmer ses pieds, sa démarche assurée en talons hauts – des chaussures sur mesure pour ses pieds douloureux –, Elsa qui traverse la salle de restaurant, sa main qui se pose, dans un geste maternel, sur le dos de Max.

La poitrine de Romy se soulève dans un rythme haletant, son visage devient blême. C'est le maquilleur, Jean-Pierre Eychenne, qui pressent que quelque chose ne va pas. Il est juste derrière elle et remarque qu'elle n'arrive plus à respirer. Alors, même si Jacques Rouffio a commencé à tourner, le maquilleur s'élance et retient Romy qui chancelle avant qu'elle ne s'évanouisse.

« Coupez ! » Le réalisateur interrompt immédiatement la scène. Jean-Pierre Eychenne et des membres de l'équipe de production raccompagnent Romy jusqu'à sa loge. Ils la démaquillent, la déshabillent, lui font prendre une douche. La laissent se reposer. Plusieurs heures. Puis la remaquillent et la recoiffent. Et la voilà debout pour tourner à nouveau, comme si de rien n'était.

Romy est resplendissante, malgré l'émotion qui voile son regard. Jacques Rouffio attend de longues secondes avant de la filmer, furtivement, en gros plan, un instant où, émue, elle lève les yeux au ciel, esquissant un sourire. C'est au moment où le groupe de musiciens s'approche d'elle pour lui demander de choisir un morceau qu'elle dit : « C'est mon fils qui va jouer. »

Le jeune Wendelin Werner, dont c'est le premier rôle au cinéma, s'est levé pour jouer. Son violon ne tremble pas. Les premières notes sont bouleversantes. Romy ferme les yeux, puis les rouvre. Son regard vert déborde de larmes. Ce n'est pas Elsa qui pleure, mais Romy. Jacques Rouffio murmure « Coupez ! ». Une seule prise suffira.

Le réalisateur est troublé. Derrière les caméras, ils sont nombreux, techniciens, maquilleur, coiffeur, assistants, figurants à essayer de masquer l'émotion qui les submerge. Des larmes coulent, des regards se détournent. Ils sont désemparés face au chagrin inconsolable de Romy Schneider.

Le soir même, Romy se fait excuser au dîner avec l'équipe. Elle ne se sent pas capable d'affronter les regards au restaurant. Un peu plus tard, Jean-Louis Livi, son agent venu spécialement à Berlin pour veiller sur elle, frappe à la porte de sa chambre. Malgré ses traits tirés, c'est une Romy lumineuse et bouleversante de beauté qui lui ouvre. En jean et le visage sans maquillage.

Romy le fait entrer. Jean-Louis Livi découvre avec stupeur et émotion l'intimité de sa chambre, ce huis clos où elle réside depuis plusieurs jours et qu'elle a transformé en véritable mausolée. Les lumières tamisées éclairent sur les murs de la pièce de nombreuses photos découvrant un seul visage, celui de David, cet être souriant et solaire qui a traversé sa vie comme une étoile filante.

Novembre 1981
Berlin

Sortir de sa chambre. Tourner la clé dans la porte sans faire de bruit. Marcher à pas pressés sur la moquette qui recouvre le sol de l'hôtel. Éviter l'ascenseur. Prendre l'escalier. Arriver au rez-de-chaussée et emprunter le couloir réservé au personnel pour rejoindre les sous-sols de l'établissement. Croiser un ou une employé(e). Hocher la tête en signe de reconnaissance. Répondre parfois à un sourire.

Entrouvrir la porte qui donne dans la rue et passer discrètement une tête. Et enfin guetter les véhicules qui ralentissent. Chaque matin avant le tournage, Jacques Rouffio passe la chercher avec sa voiture de location. Pour ne pas avoir à affronter les regards dans le hall de l'hôtel Steingenberger, Romy use d'un subterfuge avec la complicité du directeur de l'établissement berlinois : elle est autorisée à passer par les sous-sols pour rejoindre l'extérieur.

Dans la voiture, aux côtés du réalisateur, Romy retrouve un semblant de sécurité affective, et peut se laisser aller à son chagrin, à ses colères, à ses sourires. Exprimer ce qu'elle ressent, évoquer le tournage, ses derniers rôles ou la vie en général. Les mots sortent comme des coups de feu, sa voix est tantôt douce tantôt rageuse. Le temps d'arriver sur le plateau.

C'est lui qu'elle appelle quelquefois à deux heures du matin en s'excusant pour l'heure tardive. Jacques Rouffio veille sur elle comme un père, il fait en sorte qu'elle garde ses forces pour ces scènes qu'elle demande à recommencer des dizaines de fois. Il s'en amuse, lui rétorquant qu'elle a pris cette mauvaise habitude avec Francis Girod sur le tournage du *Trio infernal* et de *La Banquière.*

Romy n'est jamais satisfaite de son jeu et peut être drôle malgré le chagrin qui l'assaille. Lors de la scène où, chantant dans le cabaret, vêtue d'une robe à paillettes étincelante, son personnage est saisi par l'émotion, Romy a demandé à recommencer encore et encore, arguant qu'un seul de ses deux yeux avait pleuré. Jacques Rouffio était incapable de refuser quoi que ce soit à Romy.

C'est auprès de ce réalisateur bienveillant que Romy poursuit le tournage de *La Passante du Sans-Souci* pendant plusieurs semaines. Elle est appliquée, ne pensant qu'au film et oubliant complètement le monde extérieur. Elle est si absorbée par son rôle qu'elle demande, comme elle le fait souvent, qu'on l'appelle par le prénom de son personnage. En l'occurrence Elsa.

Plus rien ne compte. Ni les jours ni les nuits. Elle en oublie parfois de manger. Son travail lui permet d'oublier le reste de sa vie. L'absence de son fils. Mais le vendredi midi, tout change. L'équipe a remarqué qu'à partir de ce moment-là son visage s'illuminait et ses yeux verts pétillaient, annonçant l'arrivée imminente, près d'elle à Berlin, de sa fille Sarah et de son compagnon Laurent. Le week-end égrenait des heures lumineuses et suspendues.

Mais dès le lundi matin, juste après leur départ, ses fantômes réapparaissent. Dire au revoir à Sarah est de plus en plus douloureux, semaine après semaine. Romy replonge dans une mélancolie dont il est difficile de l'extirper. Alors, en élève appliquée, elle se reconcentre sur son rôle. Les horaires de tournage lui donnent un cadre, rythment ses journées. Pour ne plus avoir à penser.

Des éléments perturbateurs sont depuis quelque temps venus enrayer son quotidien. Elle les avait déjà repérés à Paris au moment des essayages de ses vêtements de tournage chez le couturier. Elle avait bien remarqué qu'elle était suivie et épiée. Sa costumière avait été obligée de les chasser et Romy de se cacher. Mais ils ne l'ont pas lâchée. Ils l'ont suivie jusqu'ici, à Berlin.

Sont-ils les mêmes ? Sont-ils français ou allemands ? Qu'importe, ils sont de la même espèce. Ces paparazzis tapis dans l'ombre la traquent dans l'espoir d'obtenir un cliché. Que veulent-ils au fond ? Un visage défait pour titrer sur le chagrin d'une mère qui a perdu son fils ? Une larme, qu'elle soit réelle ou signe de froid ? Ils se collent à elle comme des sangsues.

Le harcèlement est tel que Jacques Rouffio doit décaler les horaires de tournage des scènes en extérieurs. Il faut désormais sortir très tôt le matin pour éviter les curieux. Des rétroprojecteurs sont installés pour éblouir les photographes. Des techniciens font même office de gardiens de sécurité. Mais cela ne suffit pas. Certains paparazzis arrivent à déjouer leur vigilance et à grimper dans les arbres qui entourent le plateau.

Romy, si fragile et si frêle, fait preuve, lorsqu'elle les surprend, d'une colère noire qui lui donne une force surhumaine. Elle hurle des insultes en allemand. Car elle leur en veut. Depuis des mois, voire des années. C'est une colère rentrée qui déferle du plus profond de son être. Le comédien Gérard Klein, son partenaire dans de nombreuses scènes, arrive en renfort. Il doit plusieurs fois en venir aux mains pour les faire fuir.

Gérard Klein, c'est son ange gardien sur le tournage. Celui qui désamorce les larmes, celui avec qui elle peut partager quelques mots dans la langue de Goethe, une complicité dont ils usent et abusent pour agacer gentiment le reste de l'équipe. Celui, surtout, qui la fait rire aux éclats avec les chansons en allemand qu'il fredonne, restes d'airs appris sur les bancs de l'école et dont elle se moque gentiment.

Celui avec qui, aussi, elle aime boire un verre le soir après le tournage, dans des bars de Berlin.

Ils rient des mêmes blagues, comme cette fois à propos du mot « addition » – « Rechnung » en allemand. Gérard Klein, pour demander la note, au lieu de dire « Die Rechnung, bitte » lui assure que le serveur comprendra s'il dit « arrache couille bite ». Ce fut le cas. Le fou rire dura plusieurs jours.

Au point que, sur le tournage, les deux acteurs se regardaient à peine qu'ils partaient déjà en grand éclat de rire. Il suffisait que Gérard Klein commence par dire « Arrache… » pour qu'ils n'arrivent plus à prononcer un seul mot. Une complicité née quelques minutes après leur première scène ensemble. Gérard Klein lui avait confié son appréhension pour ce premier rôle au cinéma, et cette peur les avait immédiatement rapprochés.

Jacques Rouffio se sert de cette complicité et fait appel à Gérard Klein ou à Michel Piccoli quand il faut rassurer Romy. Quand elle n'a plus envie de jouer. Mais aussi quand elle doute. Cette peur de ne pas être à la hauteur, Romy la connaît plus que tout. Cette peur qui la saisit le matin quand elle se réveille et qui l'empêche de se regarder dans le miroir. Cette peur panique des paparazzis qui cherchent à lui voler son intimité.

Une terreur sur laquelle elle ne s'exprime pas, mais qui la rend de plus en plus colérique, notamment envers les personnes qu'elle ne connaît pas. Gérard Schachmes en a fait les frais quelques minutes après son arrivée sur le tournage. Photographe officiel choisi par Jacques Rouffio pour immortaliser les visages du film, les premières minutes face à Romy furent pour le moins déstabilisantes.

Le tournage a repris. Accoudée au bar, elle ne le regarde pas. Lui a l'habitude de se fondre dans le décor, il ne veut pas l'importuner et attend le moment propice pour lui demander de poser un instant. Puis il lui parle, lui explique son travail mais Romy ne l'écoute pas. Pire, elle le regarde fixement sans prononcer un mot et l'éclabousse au visage de la coupe de champagne qu'elle était en train de boire.

Elle s'éclipse. Quelques minutes plus tard, on apporte à Gérard Schachmes une lettre d'excuses avec ces mots : « Bienvenue sur le tournage. » Romy revient. Elle traverse le plateau pour venir l'embrasser. Le photographe découvre ces petits bouts de papier que Romy distille auprès de ceux qu'elle aime, partout, tout le temps, même à ceux auprès de qui elle est parfois en présence. Elle ne parle pas, mais leur écrit.

Des mots qu'elle griffonne de son écriture tourmentée, souvent à l'encre noire, des phrases dont certains mots sont soulignés comme si elle voulait mettre l'accent sur un sentiment. Ceux qui les reçoivent les lisent en entendant la musicalité de l'accent allemand de Romy. Des petits mots sur l'instant qui disent *Merci pour ta tendresse. Merci de m'entourer*. Sa façon à elle de semer des preuves d'amour.

Comme ce 1er novembre où la fille du producteur du film, Raymond Danon, fête son anniversaire sur le tournage. Géraldine a treize ans, et Romy s'est mis en tête de lui organiser une surprise. Les jours où Sarah n'est pas auprès d'elle, et la tendresse qu'elle ne parvient pas à donner à Max, le jeune comédien qui joue son fils, Romy la transfère sur la jeune fille envers qui elle multiplie les gestes d'affection.

Ce jour-là, Géraldine reçoit un message de Romy avec ces mots : « Pas de gâteau au Kempinski mais je ferai de mon mieux. » À la fin de la journée de tournage, comme chaque soir, l'équipe rejoint le dîner organisé dans l'hôtel où logent la plupart des comédiens. Au moment où Géraldine prend place à la table, lui est apporté… non pas un gâteau d'anniversaire, mais un gigot d'agneau ! Le cadeau que Romy avait commandé pour elle.

Cette affection et cette tendresse que Romy offre de façon entière, de façon toujours très spontanée, elle les reçoit également de la part de l'équipe du film. Tous ont fait preuve d'une extraordinaire patience et l'ont entourée avec une bienveillance rare. Le premier jour du tournage, Romy avait trouvé dans sa loge un présent de leur part : un gros bouquet de roses de couleur rose en guise de bienvenue.

Le soir du dernier jour de tournage, un grand dîner est organisé. Romy se joint pour une fois à l'équipe. Tous les comédiens, producteur, réalisateur et techniciens sont là et l'observent en silence, la respiration presque coupée de peur que la comédienne flanche. Depuis des jours, Romy montre des signes de grande fatigue à la fois nerveuse et physique. Claire Denis veille à ce que Romy ne soit jamais loin d'elle.

Quelques heures plus tôt, ils étaient quelques-uns à vouloir commencer à fêter la fin du film. Ils étaient partis boire un verre dans un petit bar de Berlin. Romy s'était jointe à eux. Ils étaient tous accoudés au bar quand Claire Denis avait soudain découvert derrière le rond de bière qui était posé devant elle un mot griffonné en allemand : « die Sehnsucht », signifiant la mélancolie, le spleen.

L'assistante-réalisatrice avait immédiatement reconnu l'écriture de Romy. Elle avait tourné la tête, une fois, deux fois, mais ne la voyait pas. Elle avait bousculé les membres de l'équipe qui trinquaient dans un grand brouhaha. Puis s'était précipitée aux toilettes. C'est là qu'elle avait découvert Romy assise par terre. Elle venait de faire un malaise et n'avait pas la force de se relever toute seule.

C'est plus faible que jamais que Romy avait rejoint l'hôtel. Après s'être changée, elle avait tenu à rejoindre l'équipe autour du dîner de fin de tournage. Elle se tient à présent face à eux. Un grand bouquet de fleurs dans les bras. Comme un papillon ébloui par la lumière, elle prend la parole à voix basse. Puis sa voix trouve son ton. Elle remercie chaleureusement le réalisateur Jacques Rouffio.

Puis elle tient à remercier toute l'équipe. Les comédiens, ses partenaires de scène mais aussi tous les techniciens et le producteur Raymond Danon. Sa costumière, ses coiffeur et maquilleur. Elle leur explique que grâce à eux, les roses roses qu'ils lui ont offertes à son arrivée se sont transformées en roses rouges. Ce bouquet est pour eux. Elle leur distribue une fleur à chacun.

Romy esquisse un grand sourire, les yeux brillants de larmes qui resteront au bord de ses paupières sans jamais déborder. La soirée peut commencer.

Cette nuit-là, la dernière du tournage, sera gaie et alcoolisée. À tel point qu'une grande partie de l'équipe ratera l'avion pour Paris le lendemain matin.

1982
Rue du Vertbois, Paris

Elle avance dans la nuit. Avec son port de reine. Un fichu sur la tête, qui lui permet, comme souvent, de se coiffer facilement. Et de passer inaperçue lorsqu'elle souhaite sortir à pied dans Paris. Romy aime s'échapper incognito. Et notamment ces soirs où elle marche sans but, ses pensées vagabondant dans les rues de la capitale, traversant les ponts, rebondissant sur les façades haussmanniennes.

C'est tout le paradoxe de sa vie. Romy aime ces moments où elle est seule, elle les recherche parfois pour s'isoler du monde et se sentir apaisée. Et en même temps, ces instants de solitude peuvent aussi la précipiter dans une mélancolie au cours de laquelle les souvenirs de son fils viennent la heurter. Alors elle part une fois la nuit tombée. À l'heure où les visages ne sont plus que des ombres.

La mort de David, son corps fatigué depuis son opération du rein, sa séparation avec Daniel Biasini, alors qu'elle vit pourtant une nouvelle histoire d'amour avec un jeune producteur, Laurent Pétin, ces moments de vie et de mort l'ont laissée exsangue. Romy retrouvera-t-elle un jour la sérénité, le bonheur de se soucier simplement d'un texte à apprendre pour un nouveau tournage, l'insouciance de s'occuper de Sarah dans sa nouvelle maison à la campagne ?

Romy laisse dans son sillage ce soir-là sur le bitume l'empreinte de Romy Schneider, son fantôme évanescent. Sa popularité. Sa beauté. Mais aussi la féminité avec un grand F, celle que toutes les femmes rêveraient d'endosser. Celle pour laquelle certaines vont jusqu'à maltraiter leur corps sous l'effet du bistouri. Combien sont-elles, cette année-là, encore, à rêver de la représenter comme Romy ? À s'identifier à ces femmes libres qu'elle incarne dans la France de Pompidou et de Giscard ?

Sa féminité à elle transparaît à travers les expressions de son visage, son sourire et son rire franc, son accent, la façon dont elle fume une cigarette, le regard qu'elle pose sur ses enfants, sur les hommes qu'elle aime, et même à travers la colère qui peut poindre dans ses yeux lorsqu'elle se fâche sur un tournage. Une élégance naturelle que les caméras ont toujours sublimée année après année.

Que ne donnerait-elle pour jouer à nouveau devant la caméra de Claude Sautet ? Retrouver l'excitation de ces tournages où elle était si heureuse, si désirée. Depuis *Une histoire simple* avec elle, le réalisateur a tourné un seul film… et il fut sans elle. Son amertume est intacte. *Un Mauvais fils*, sorti il y a quelques mois, en octobre 1980, a pourtant été écrit par son ancien époux, Daniel Biasini.

Et pourtant, aucun de ces deux hommes qu'elle aimait plus que tout n'a souhaité la faire tourner. Face à Patrick Dewaere, ils lui ont préféré Brigitte Fossey. Personne n'avait osé le lui dire, c'est elle qui a fini par découvrir leur choix. Elle s'est mise dans une colère noire, ne comprenant pas leurs arguments. Le fait que ce rôle n'était pas pour elle, que le jouer aurait été un mauvais choix. Romy s'était sentie abandonnée.

Cette errance parisienne n'est pas une première. Et chaque fois ou presque, ses pas la conduisent mécaniquement rive droite. Romy traverse la Seine au niveau de l'île de la Cité, emprunte la rue de Turbigo et pousse la porte d'un restaurant où elle a ses habitudes, au 32, rue du Vertbois : chez L'Ami Louis. Et comme souvent, il faut plusieurs minutes au patron pour reconnaître l'identité de cette petite femme qui vient d'entrer.

C'est Antoine qui la reçoit et qui lui propose une place confortable, lui à qui elle offre régulièrement des écharpes. Romy est l'une des personnes les plus généreuses et attentionnées que les serveurs et patrons de restaurants aient rencontrées. Elle a toujours un mot pour chacun, prenant des nouvelles des uns et des autres. Mais ce soir-là, elle ne parle presque pas. Elle semble perdue.

C'est Jean-Claude Carrière qui la remarque le premier. Le metteur en scène et scénariste de *La Piscine* l'observe quelques minutes. Elle est pâle et tremblante, l'air égaré. Il se lève et lui propose de le rejoindre à sa table où ont commencé à dîner ses invités américains, le réalisateur Miloš Forman et le diplomate Henry Kissinger. Romy accepte. Elle s'assied à leurs côtés, gardant son foulard sur la tête.

Puis peu à peu, elle se détend. Le serveur lui apporte l'un de ses plats préférés, des morilles. Elle reste à table jusqu'à la fin de la soirée. Se remémore quelques souvenirs du tournage du film de Jacques Deray à Saint-Tropez. Les arrivées impromptues de Serge Gainsbourg sur le plateau, effrayé à l'idée qu'Alain Delon tombe amoureux de sa petite amie Jane Birkin, dont c'était l'un des premiers rôles au cinéma.

La soirée terminée, chacun s'apprête à rentrer chez soi. Jean-Claude Carrière décide de lui commander un taxi. Il n'imagine pas un instant laisser Romy rentrer seule à pied chez elle, traverser tout Paris alors qu'elle est traquée de jour comme de nuit par les paparazzis. Sa chance est qu'elle passe inaperçue quand les caméras sont éteintes. À ce moment-là seulement, elle redevient une femme comme les autres.

Romy est soucieuse. Depuis quelques jours, elle a une idée à laquelle elle se raccroche comme à une bouée lancée en pleine mer un soir de tempête : elle souhaite tourner une nouvelle fois. Le projet est sur le bureau du producteur Alain Terzian. Un film écrit par Christopher Frank et qui sera réalisé par un homme qu'elle apprécie, Pierre Granier-Deferre, avec qui elle a déjà tourné *Le Train* et *Une femme à sa fenêtre*.

Simplement, son partenaire, qui n'est autre qu'Alain Delon, tarde à répondre. Pour quelle raison ? Elle l'ignore. Ne souhaite-t-il plus tourner avec elle ? L'idée qu'il pourrait lui dire non lui est insupportable. Le film s'intitule *L'Un contre l'autre.*

Les retrouvailles de deux personnes ayant connu une grande histoire d'amour. Est-ce que cela l'effraie d'être une nouvelle fois associé à elle et à la passion qui les a construits et à laquelle ils sont à jamais liés dans le cœur des Français ? Les amants du cinéma français. Jean-Claude Carrière encourage Romy à tourner une nouvelle fois, elle qui n'a cessé de « danser sur un volcan ».

Il y a quelques mois, Alain Delon a déjà décliné un rôle face à elle. Celui de son ex-mari dans le film *La Mort en direct* de Bertrand Tavernier. Il avait préféré refuser cette belle affiche de dernière minute, ayant peur que les spectateurs ne viennent voir le film que pour ces retrouvailles entre Alain Delon et Romy Schneider au détriment de son jeu à elle. Il avait fait preuve de modestie, elle y avait vu un refus de jouer face à elle.

10 avril 1982
Pavillon Gabriel, Paris

Tous ceux qui ont un jour croisé sa route ont noté la particularité de sa démarche. Volontaire, rapide, à petits pas déterminés, le buste en avant, sans jamais se retourner. Une allure presque masculine qui contraste avec la féminité de son visage. C'est pourtant une femme bien différente qui pénètre aujourd'hui dans les studios de la célèbre émission « Champs-Élysées ».

Elle marche de façon automatique, suivant la personne qui la guide dans ce couloir sombre. De part et d'autre de cette longue enfilade, des portes fermées. On s'arrête pour lui indiquer une pièce préparée pour elle. Elle entre et s'installe sur un fauteuil. On lui indique que ce sera son tour dans quelques minutes. Le présentateur va venir la saluer. Le compte à rebours a commencé.

Romy regarde fixement la porte de cette loge. Ses mains sont de plus en plus moites et traduisent son angoisse de ne pas trouver le mot juste, mais aussi de ne pas pouvoir aller au bout de ce qu'elle est venue dire. C'est à Michel Drucker qu'elle a souhaité se confier, c'est lui qu'elle a choisi personnellement pour cet entretien télévisé en tête à tête. Elle a demandé à être seule. Et sans public.

Romy a hésité près de dix mois avant de parler. Elle a gardé pendant tout ce temps sa blessure enfouie en elle. Après la mort de David, elle n'a pas toujours masqué son chagrin, mais a réussi à dissimuler sa colère. Elle ne pouvait se permettre de gaspiller le peu d'énergie que son corps semblait encore avoir. Elle a mis toutes ses forces au service du film dont elle fait la promotion.

Elle sait que sa parole est attendue, elle sait aussi que les Français sont impatients de découvrir non pas le visage de la comédienne, mais celui de la mère détruite. Il y a un certain voyeurisme que Romy ne peut supporter, mais comment pourrait-elle en vouloir à son public ? Il a le droit de savoir ce qu'elle ressent. Elle est venue le lui dire. Mais elle est surtout venue pousser un cri de colère.

Depuis des jours, une image hante ses nuits, celle d'un chariot recouvert d'un drap blanc sous lequel on devine le corps de son fils. Son petit David étendu. Mort. Un photographe s'est rendu à la morgue où il reposait dans le seul but de voler un cliché. Une photo intime qui a circulé de main en main avant d'arriver dans une rédaction de presse.

Aucun journal français n'a diffusé le cliché. Mais les Allemands, eux, n'ont pas hésité à s'emparer de ce scoop nauséabond en le publiant dans les pages de *Bild*. La presse à scandale de son propre pays ne lui aura une fois encore rien épargné.

Romy regarde à peine le décor. L'affiche de *La Passante du Sans-Souci* figure à côté de celle d'un film précédent, *La Banquière*. Les plantes sombres qui envahissent le plateau. Après quelques questions sur le film, Romy reprend son souffle et prend la parole d'elle-même. « Surtout, qu'on me laisse enfin tranquille. Si on sait ou savait ce que certains soi-disant photographes sont capables de faire, le public a le droit de le savoir. Qu'on se déguise en infirmiers pour photographier un enfant mort. » Romy Schneider parle distinctement en soutenant le regard de Michel Drucker.

L'animateur ne l'interrompt pas. Romy a une dernière phrase en tête qu'elle prononce la voix calme et posée. « Il y a une certaine presse qui achète et qui publie "à la une" comme on dit. Où est la morale, où est le tact ? » Romy a à peine quarante-trois ans, mais malgré le maquillage qui lisse ses traits, elle en paraît beaucoup plus. La Romy lumineuse des films de Sautet a le visage d'une femme détruite. Détruite par les choses de la vie. Par les épreuves. Et par la méchanceté abjecte de quelques hommes.

C'est dans les rencontres, les moments de bonheur et les plus grandes douleurs que se construit un destin. Celui de Romy s'est peut-être scellé à cet instant. La souffrance s'est frayé un chemin entre les nervures de son cœur jusqu'à bientôt l'étouffer. Il ne lui reste que quelques battements jusqu'à ce qu'il s'arrête définitivement. Dans moins de cinquante jours. Quarante-neuf exactement.

2 juin 1982
Boissy-sans-Avoir, Yvelines

Comme dans un film, dans un long travelling, les caméras filment les Françaises et les Français qui ont souhaité venir lui dire adieu. La remercier pour ce qu'elle leur a apporté. Des moments de rire devant un écran de cinéma, des larmes partagées à travers un poste de télévision.

La cérémonie a lieu à dix heures du matin mais ils l'attendent depuis des heures. Certains sont venus de loin, d'autres sont simplement sortis de leurs petites habitations du hameau de Boissy-sans-Avoir. Romy était une icône, mais elle était aussi depuis un mois leur voisine.

De sa maison, elle pouvait voir le cimetière où elle souhaitait que David soit enterré et où elle reposera dans quelques minutes.

Le transfert du corps de son fils devait justement être organisé le matin où son cœur a cessé de battre. Le rendez-vous était pris, les employés de la mairie l'attendaient.

C'est elle qui sera mise en terre avant lui. Il la rejoindra comme elle le lui avait promis.

Les journalistes et les photographes sont tenus à distance par un service d'ordre. Pour pouvoir apercevoir l'arrivée des proches de Romy, ils ont loué et emprunté des dizaines d'échelles pour se hisser par-dessus les murets du cimetière. Ils pourront ainsi voir, tels des soldats à l'assaut d'une forteresse, l'arrivée du corbillard, une Mercedes gris clair, et le cercueil en bois clair entrer dans l'église Saint-Sébastien dont le parvis est fleuri par une multitude de compositions florales. Des fleurs blanches.

Dans la foule, ses amis, ses proches, les réalisateurs qui l'ont sublimée, ses partenaires qui l'ont aimée. Ils sont tous hébétés, foudroyés depuis qu'ils ont appris son décès. Michel Piccoli, Jean-Claude Brialy, Jean-Louis Livi, Jacques Rouffio, Pierre Granier-Deferre, Jean Rochefort, et quelques autres.

Claire Denis et Gérard Klein, qui avaient travaillé avec elle sur son dernier film, *La Passante du Sans-Souci*, n'ont pas pu faire le déplacement. En tournage ensemble sur un autre long-métrage, abasourdis par la nouvelle de la mort de Romy, ils ont téléphoné à Michel Piccoli afin de partager leur chagrin. Celui-ci leur a alors conseillé de sortir boire un verre et de penser à elle. Tout simplement.

Les hommes qui ont partagé sa vie sont près d'elle.

Laurent Pétin enterre la femme qu'il aime le jour de son anniversaire. Ce 2 juin 1982, il a trente-trois ans.

Il est assis au premier rang dans l'église.

Même s'il ne la connaissait que depuis quelques mois, il restera à jamais « le dernier compagnon de Romy Schneider ».

C'est lui qui héritera en partie de ses biens, et notamment de la maison de Boissy-sans-Avoir. C'est son nom que Romy a inscrit sur le testament qu'elle a laissé. Aux côtés de celui de Sarah.

Daniel Biasini enterre la femme qu'il a aimée follement et avec qui il a vécu pendant dix ans. La Romy des films de Claude Sautet, épanouie, au sommet de sa beauté, drôle, étincelante, passionnément aimante. Romy qui arrivait d'Allemagne et se sentait profondément française. Romy qui avait souhaité se marier et fonder une famille autour de David. Romy fut son épouse, son grand amour et elle restera à jamais la mère de leur fille Sarah. Bien que séparés, ils vécurent ensemble la douleur du décès de David. Et les souffrances qui suivirent.

Daniel Biasini est présent dans l'église mais reste en retrait. Il s'est installé sur un côté.

À son doigt, la bague qui appartenait au père de Romy. Une chevalière qu'il a portée toute sa vie et que Romy lui a offerte le jour de leur mariage en guise d'alliance.

Un bijou qu'il transmettra à son tour à Sarah, un jour. Elle gardera une bague en bois d'ébène, surmontée d'un saphir que Romy avait reçue en cadeau de la part de Luchino Visconti.

La cérémonie dure à peine une heure, le temps d'une prière. Puis le cercueil est transporté jusqu'au petit cimetière qui jouxte l'église.

Romy est mise en terre.

Son amie la comédienne Tanya Lopert dépose une petite pierre sur son cercueil comme le veut la tradition juive.

Romy ne l'est pas mais elle a choisi d'être enterrée avec une étoile de David autour du cou.

C'est à elle que Romy a glissé, quelques heures avant sa mort, alors que Tanya l'invitait à l'anniversaire de sa fille, qu'elle venait de se couper les cheveux pour ressembler à David.

Alain Delon, lui, n'a pas souhaité se rendre aux obsèques mais sa présence est partout. Et notamment dans les ruelles du village. Le comédien a loué plusieurs appartements sur le trajet du cercueil de Romy, entre l'entrée du bourg et l'église, pour être sûr que les paparazzis ne s'y installeraient pas pour la prendre une dernière fois en photo.

Quelques heures plus tôt, quand le producteur Alain Terzian et le réalisateur Claude Berri étaient entrés en silence dans la chambre de l'appartement où Romy est décédée, rue Barbet-de-Jouy, il savait qu'il ne les accompagnerait pas pour ce dernier voyage. Au moment de partir pour les obsèques, il leur avait fait un signe de la tête. Sa décision était pour eux incompréhensible.

Romy ne pouvait pas s'en aller sans Alain. Et Alain ne pouvait pas laisser Romy partir seule.

Il était sorti de l'appartement avec elle, il avait accompagné le cercueil jusqu'au sous-sol de l'immeuble où se trouvait le parking, et il s'était arrêté là.

Satisfait d'avoir eu l'idée de ce leurre pour tenir les photographes à distance, eux qui attendaient certainement qu'elle sorte par l'entrée principale.

Puis il l'avait regardée s'éloigner.

En voyant la meute des photographes piétiner depuis trois jours, par leurs allées et venues, les fleurs plantées devant l'entrée, il avait promis de les faire remplacer.

Alain Delon a fait le choix de ne pas se rendre aux funérailles de la femme qu'il a aimée passionnément depuis le jour où il était venu la chercher à sa descente d'avion à Orly pour le tournage de *Christine*. Cette jeune fille qui fut sa fiancée et la femme de sa vie sans qu'il souhaite jamais l'épouser.

Cette comédienne qui décupla sa notoriété et qu'il a, à son tour, remise en lumière en la choisissant comme partenaire dans *La Piscine*. Eux dont la médaillée olympique Christine Caron, venue une journée sur le tournage à Saint-Tropez, avait ainsi défini la relation : celle d'un « fil invisible » qui les reliait dans le temps et l'espace qu'ils partageaient.

Sans lui, Romy n'aurait pas été la comédienne que les Français ont eu la chance de connaître.

C'est quelques jours plus tard qu'Alain Delon se rendra, seul, dans ce cimetière pour se recueillir sur sa tombe en marbre gris.

Romy Schneider repose désormais sous le nom de Rosemarie Albach, le nom que lui ont donné ses parents quarante-trois ans plus tôt à Vienne. Ce jour-là, ils ne pouvaient imaginer qu'ils mettraient au monde celle qui deviendrait la plus française des comédiennes allemandes. Une icône.

« Albach ». Son véritable nom qu'elle a souhaité reprendre à son arrivée à Paris pour effacer « Romy Schneider » selon elle trop connoté à son rôle de Sissi. Romy Schneider était son nom de comédienne. Pour commencer une nouvelle vie et fuir l'ancienne, elle avait souhaité s'appeler « Rosa Albach ».

Mais elle avait finalement renoncé pour ne pas blesser sa mère.

La cérémonie terminée, Daniel Biasini s'en va rejoindre leur fille Sarah en gardant le souvenir d'une vie dispersée à travers les nombreux petits mots que Romy lui a laissés.

Parmi eux, cette phrase qui restera une leçon de vie :

Life is stronger than a match de boxe.[1]
Romy

Magda Schneider, elle, n'est pas présente aux obsèques de sa fille. Dans le jardin de son chalet de Berchtesgaden, elle a fait installer une petite croix en bois plantée dans le sol, entourée de fleurs, sur laquelle elle a fait peindre les noms de David et de Romy. Sa tombe à elle.

1. « La vie est plus forte qu'un match de boxe. »

14 février 2019
Boulevard Haussmann, Paris

Pour découvrir Romy Schneider, j'ai visionné des dizaines de ses films, d'interviews, regardé des making-of de tournages au ralenti afin de découvrir le moindre indice qui révélerait une facette d'elle que nous ne connaîtrions pas. J'ai rencontré et écouté des réalisateurs, ses partenaires de cinéma.

Pour tenter de comprendre Romy, j'ai, comme dans un jeu de piste, essayé de retrouver ceux qui l'ont connue de façon plus intime, je suis allée à la rencontre de ceux qui l'ont aimée. Ceux qui ont partagé sa vie comme Daniel Biasini, qui a pris le temps de me raconter la femme, l'épouse et la mère qu'elle était. À la fois drôle et tourmentée. Amoureuse et passionnée.

Pour me mettre dans ses pas, j'ai remonté le fil du temps. Je me suis rendue devant les fenêtres des immeubles où elle avait vécu. J'ai fait le trajet, des photos d'époque à la main, jusqu'à Berchtesgaden, en Allemagne, à la recherche du chalet de sa mère Magda pour entrer dans la chambre de son enfance. Là où tout avait commencé. Avant Sissi et avant le cinéma. Puis je suis allée devant la porte de l'appartement où elle est décédée, rue Barbet-de-Jouy, à Paris, là où tout s'est arrêté au petit matin du 29 mai 1982.

Mais à mon enquête manquait encore un témoin. Le dernier témoin. Celui qui détient peut-être la clé de cette histoire et que je viens rencontrer.

La plus grande légende du cinéma français.

Alain Delon.

Son assistant, Thibault, vient m'ouvrir. Il m'avait demandé d'être patiente. M. Delon n'avait pas dit non à ma demande d'entretien. Cela faisait tout de même un an et demi que je patientais, depuis les tout débuts de ce projet de livre, que nous échangions des SMS, qu'il m'appelait de façon inopinée pour parler de la vie, de son chat, des êtres disparus. Mais jamais de Romy.

Dès que j'abordais le sujet, je sentais qu'il se rétractait. Il parlait très rarement d'elle, parce que la douleur était trop vive, et encore moins aux journalistes. Très peu d'interviews l'évoquaient. Cela venait toujours de lui au détour d'une question. Mais jamais il ne s'était véritablement confié sur le sujet. Il m'avait pourtant promis que l'on se verrait aux beaux jours.

Un été était passé, puis deux. Et ce matin, il m'a dit oui. Il m'a appelée à onze heures pour un rendez-vous à quinze heures.

Je patiente dans le bureau. Pendant que Thibault signale mon arrivée, mes yeux se portent sur le livre que vient d'écrire son plus jeune fils. Et ce titre *De la race des Seigneurs*, expression que lui a souvent répétée son père.

Il entre. En jean et polo gris-bleu qui fait ressortir la couleur de ses yeux, avec l'élégance qu'on lui connaît. Sans dire un mot, il me fait un baisemain. Puis me sourit.

Nous traversons le couloir qui mène au salon. Ce n'est pas la première fois que j'entre dans cet appartement. Il s'était longuement confié, avec une grande émotion, sur ses souvenirs partagés avec Mireille Darc pour le documentaire de France 2 que nous avions réalisé sur elle avec Laurent Delahousse.

Je suis pourtant une nouvelle fois surprise par la solennité des lieux. Aux murs, sur la banquette du couloir, et par terre, dans ce salon où nous nous installons, posées sur des chaises, éparpillées comme des confettis, des dizaines de photos. Exposées dans des cadres ou en couverture de livres. Une galerie de visages. Ceux de Dalida, Mireille Darc, et évidemment de Romy.

Avant de nous asseoir, il me fait faire le tour de la pièce. Et s'arrête de temps en temps devant une photographie pour évoquer un souvenir ou la beauté d'un sourire.

Il s'assoit à ma droite, à l'angle du canapé de façon à se trouver face à la porte. Je comprends que c'est sa place. Durant le temps que durera mon entretien, Thibault passera la tête à l'entrée de la pièce pour voir si tout se déroule bien et Alain Delon lui fera un discret signe de la tête pour le rassurer.

Il commence par évoquer sa rencontre avec Romy, la première fois qu'il la découvre en bas de la passerelle de l'avion lors de son arrivée à Paris en 1958 pour le film *Christine* qu'ils s'apprêtent à tourner ensemble. Soixante et un ans après, l'émotion d'avoir été choisi parmi douze partenaires, alors qu'il avait débuté sa carrière depuis un an seulement, est intacte. « J'étais tellement étonné, tellement surpris d'être choisi, moi. »

Il décrit immédiatement cet amour qui les surprend tous les deux et qui va les lier à jamais. « J'avais eu des aventures avec des femmes mais je n'avais jamais été vraiment amoureux avant. C'était le vrai amour de jeunesse. Cela a été le premier amour pour moi. Et j'ai compris très vite que c'était le premier amour pour elle.

« Quand on m'a dit que j'étais choisi pour être son partenaire, je n'ai jamais pensé un jour tomber amoureux d'elle. Par rapport à moi, elle était une star. Et j'étais choisi pour le rôle principal, pour donner la réplique à la star. »

À l'époque Alain Delon n'a vu aucun des *Sissi* au cinéma. « Je me fichais de qui elle était, de Romy Schneider. Elle était une star en Allemagne. » Alain Delon raconte le choix de Romy de quitter sa famille et le pays de son enfance pour vivre avec lui et les critiques de la presse allemande à l'époque. « Il y a eu un petit scandale en Allemagne, disant Romy est partie, on nous a volé Sissi, qu'est-ce que c'est que ce Français, elle a quitté son pays, etc. Elle était surprise mais sur le moment, elle s'en fichait car elle était amoureuse. »

Nous évoquons ces années où la complicité et la beauté transpirent des photos prises à l'époque. « On était très heureux parce qu'on était très amoureux. Mais quand on s'est connus, on avait du mal à se parler parce qu'elle ne parlait qu'allemand et moi je parlais français. Quelques mois après, elle parlait couramment français et moi toujours pas deux mots d'allemand, à part *Ich liebe dich.* »

Ses progrès dans la langue de Molière vont lui permettre de jouer au théâtre à Paris. « J'ai toujours été émerveillé parce que je ne comprenais pas comment elle avait fait. » Le défi est relevé haut la main. Et la pièce mise en scène par Visconti est un triomphe. Tout Paris était là. « Édith Piaf nous avait envoyé un télégramme : "Ce soir je serai si proche de vous que vous serez bien obligés de me voir." Elle était au premier rang ! » Il rit de ce souvenir. « Elle était venue nous voir, Édith ! Parce qu'elle était elle aussi friande des histoires d'amour. »

Alain Delon raconte son admiration et son amour pour Romy. Pour elle, il décide de mettre fin à sa relation avec Juliette Gréco. Et envisage pour la première fois un avenir de couple. « À l'époque, les fiançailles étaient un pas vers le mariage. » Défilent dans ses yeux les images de ce moment sur le lac de Lugano.

Il reconnaît le rôle que Romy a eu dans sa carrière. « Je n'étais rien. Je l'ai toujours dit, je suis devenu ce que je suis devenu à cause des femmes, par les femmes, grâce aux femmes, ce sont les femmes qui m'ont fait faire du cinéma, parce qu'elles m'ont aimé. Ce n'est pas par hasard que je suis arrivé. Je suis arrivé par les femmes. Ce sont elles qui m'ont poussé. »

En écho à cela, il me raconte le rôle clé qu'il a joué dans la carrière de Romy, le jour où il a imposé son nom pour qu'elle soit sa partenaire dans *La Piscine,* alors qu'elle s'était retirée en Allemagne, très loin du monde du cinéma. Il s'est adressé aux producteurs qui ne croyaient plus en elle. « J'avais à l'époque le pouvoir de dire "Vous m'emmerdez !". J'ai dit : "Ce sera Romy Schneider ou je ne ferai pas le film."

« Bien qu'on se soit séparés, c'est quelqu'un que j'aimais beaucoup. Et parce que je savais exactement qui elle était, de quoi elle était capable et ce qu'elle pouvait faire, je n'ai pas dit *La Piscine* pour la retrouver, je lui ai proposé *La Piscine* parce que je savais que c'était exactement pour elle. Et je ne me suis pas trompé.

« Quand le film est sorti, cela a été un triomphe. Mais pas un ne m'a dit : "Vous aviez raison !" »

Il se remémore le tournage et le bonheur qu'avait Romy de retrouver un plateau de cinéma et le cadre paradisiaque des hauteurs de Ramatuelle. Son plaisir aussi à avoir tout près d'elle son fils David, alors âgé de deux ans et demi, qu'elle avait placé sur une balancelle. « Elle laissait David dedans pendant qu'on tournait. Elle était heureuse comme tout. David, c'était toute sa vie. »

Il se lève pour me montrer une photo de cette balancelle au bord de l'eau, hors cadre du réalisateur. « Et lui David il était là, c'est beau non ? Tourner avec David là, c'était son bonheur. »

Il tient à préciser qu'il n'y a pas eu de retrouvailles amoureuses sur le tournage comme l'ont rêvé ou supposé journalistes et spectateurs. « C'était très clair. Il n'y a jamais eu de re-lien ou quoi que ce soit. On était heureux. Il n'y avait pas de malentendu. » Le comédien vit à l'époque une histoire d'amour avec Mireille Darc, venue le rejoindre sur le tournage.

« Après ce film, Romy a pris le pouvoir. Elle n'aurait pas fait *La Piscine*, elle s'arrêtait. Et personne n'aurait jamais su qui elle était. Après *Sissi*, elle ne pensait pas devenir autre chose. Et elle devenue une vraie actrice. »

Les années passent. Il évoque les réalisateurs qui ont fait tourner Romy par la suite, comme Claude Sautet. À la question de savoir quel est son film d'elle préféré, Alain Delon cite sans hésiter *La Piscine*. « Regardez comme elle est belle ! » me dit-il en me désignant la photo du tournage qui est devant nous.

Mais immédiatement après les souvenirs du film de Jacques Deray lui vient en tête le jour de sa mort.

Il m'explique pourquoi il n'a pas souhaité se rendre à ses obsèques : « Je ne pouvais pas. J'y suis allé après tout seul. Je ne voulais pas jouer le jeu des photographes. Cela ne change rien pour elle.

« J'y suis allé après. J'y vais souvent. »

Alain Delon évoque ensuite les derniers instants avant de lui dire au revoir à jamais, ce moment passé auprès d'elle, dans la chambre où elle est décédée.

« C'était dramatique. »

Il cite son compagnon, présent cette nuit-là. Celui qui a vécu avec elle les derniers mois de son existence. « Laurent a beaucoup souffert. Il a été formidable avec elle. »

Puis ses mots s'arrêtent. Un long silence s'installe avant qu'il ne me parle à voix basse. « Ne bougez pas, je vais chercher quelque chose que je veux vous montrer à vous seulement. »

Moins d'une minute plus tard, il est de retour.

« Je vais vous montrer quelque chose que personne ne connaît. » Il reste un moment debout. À la main, son passeport qu'il feuillette tout en marchant. Il revient s'asseoir et extirpe des pages une photo qu'il me présente. Un cliché en noir et blanc. Un visage de femme d'une beauté rare.

J'hésite quelques secondes. Les traits me font penser à Romy mais ce n'est pas elle.

« C'est ma mère ! »

Puis il replace la photo entre deux pages de son passeport. Il tourne ensuite quelques feuillets desquels glisse un Polaroid. Il le place contre sa poitrine, face retournée contre lui. Vérifie qu'il ne s'est pas trompé de côté afin que je ne voie pas encore la photo. Et la retourne pour me la présenter. À hauteur de mes yeux.

C'est elle.

Romy.

Il s'agit du cliché qu'il a pris trente-sept ans plus tôt, dans la chambre où elle s'est éteinte fin mai 1982 rue Barbet-de-Jouy.

« C'est moi qui l'ai faite. Personne ne l'a jamais vue. »

« Elle dort, elle est heureuse.

« Parce qu'elle est soulagée.

« Elle est libérée.

« Parce qu'elle a retrouvé son petit David. »

Sa voix a pris un autre ton. Alain Delon marque une pause. Sans pathos, avec pudeur, il raconte sa douleur depuis la mort de son fils. « Je savais depuis longtemps qu'elle allait mourir. Elle me l'avait laissé entendre. Elle me l'avait dit. Elle m'avait dit : "Je ne peux plus vivre." Il n'y avait rien à faire. »

« Elle s'est délibérément laissée mourir. C'est un suicide volontaire parce qu'elle n'a jamais supporté la mort de David. La vérité, c'est ça. Elle est partie parce que David est mort. »

« Elle n'a jamais plus été Romy.

« Elle n'a jamais plus été la femme que j'ai connue. Elle était entre deux vies. Elle n'était plus là. Mais elle savait déjà depuis longtemps qu'elle allait partir. »

« J'ai essayé de l'aider, il n'y avait rien à faire.

« Elle a mis fin à ses jours, de sa manière à elle.

« Elle voulait tellement mourir qu'il n'y aurait pas eu cela, elle serait morte autrement. Je le savais mais je sais aussi que je ne pouvais rien faire contre. »

« J'arrive à le comprendre. Il n'y a rien de pire. Ce n'est pas dans l'ordre des choses. Ce sont les parents qui meurent avant les enfants.

Je m'imagine aujourd'hui ou il y a dix ans, perdre ma fille. Je ne sais pas si je survis. »

Il ne touche plus au café face à lui sur la table basse. Il parle maintenant le regard fixé vers un point à l'horizon.

Puis il me touche le bras pour que je regarde la photo qu'il désigne, juste en face de lui, dans un cadre.

« Pour moi, Romy ce sera toujours elle. »

Une femme souriante, éclatante de beauté, les cheveux ondulés et l'air épanoui. La Romy de *La Piscine* et des années Sautet.

« Vous vous rendez compte qu'elle aurait quatre-vingts ans ? Je ne peux pas l'imaginer aujourd'hui à quatre-vingts ans, là, à côté de moi, poursuit-il en me montrant la place vide qui nous sépare sur le canapé. Ce n'est pas possible. »

Le passé fait place au présent. Un couple fait son entrée dans l'appartement. Il s'agit de sa fille Anouchka, venue avec son compagnon. Elle vient embrasser son père et lui propose de dîner avec eux ce soir de Saint-Valentin. Puis elle s'éclipse le temps que finisse notre entretien.

Le moment est venu de terminer notre conversation. Alain Delon se lève et alors que je m'apprête à le suivre, il me prend le bras afin que je l'accompagne devant les photos qui sont placées face à nous. Nous évoquons, comme dans un long travelling qui nous ramène au bureau, le souvenir de Romy, son incroyable beauté, son sourire, un rôle, une anecdote de tournage, les photos d'elle que nous préférons.

« Elle aimait ce métier », murmure-t-il en insistant sur le verbe aimer.

Alors que nous sommes maintenant dans son bureau, il me demande si j'ai reçu sa carte de vœux pour l'année 2019. Il me la montre. Sur le premier volet, une photo du film de Jean-Pierre Melville, *Le Cercle rouge* où il apparaît aux côtés du réalisateur, mais aussi de Bourvil, Yves Montand et François Périer.

À l'intérieur de la carte, un autre cliché en noir et blanc, cette fois de *La Piscine*. Clin d'œil au cinquantième anniversaire de la sortie du film, avec ce mot écrit au bas de la photo : « Merci, Jacques Deray. » Alors qu'il me la tend, il se rétracte et me dit qu'il préfère me l'envoyer.

Il referme la carte. Le souvenir de Romy disparaît dans le creux de sa main.

Merci

Pendant l'écriture de ce livre, je ne pensais qu'à lui, je ne voyais que lui sur les images d'archives et films visionnés, sans savoir s'il accepterait de me parler de Romy. Je l'espérais.

Je remercie d'abord tout particulièrement Monsieur Alain Delon d'avoir pris le temps de me rencontrer et d'évoquer Romy pour la première fois, avec tant de pudeur, d'amour, de tendresse et de vérité. Je le remercie pour la confiance qu'il m'accorde depuis tant d'années et qui me touche infiniment.

Je tiens également à remercier Daniel Biasini d'avoir accepté de se confier, de façon également inédite, sur ces magnifiques années partagées avec Romy.

Merci à leur fille Sarah Biasini d'avoir facilité cette rencontre et d'avoir accepté d'échanger quelques mots avec moi.

Je remercie également Michèle Halberstadt, épouse de Laurent Pétin, d'avoir pris le temps de répondre à ma sollicitation.

Ce livre n'aurait pu voir le jour sans le témoignage de tous ceux qui ont partagé un moment de vie ou de cinéma avec Romy Schneider. Je les remercie pour leur confiance et le temps qu'ils m'ont consacré : Yves Agostini, Tarak Ben Ammar, Jean Bobet, Richard Bohringer, Pascale Bourdet, Serge Bromberg, Françoise Canetti, Christine Caron, Jean-Claude Carrière, Mathieu Carrière, Noëlle Châtelet, Père Colmou, Jean-Loup Dabadie, Géraldine Danon, Eva Darlan, Me Jean-Michel Darrois, Laurent Davenas, Claire Denis, Patrice Drevet, Albina du Boisrouvray, Gisèle Duhamel, Monique Dury, Jean-Pierre Eychenne, Louis Gadby, Laurent Gaudefroy, Costa-Gavras, Pierre-William Glenn, Sophie Grimaldi, Jean-Max Guérin Fanny Jakubowicz, Patrick Jarno, Gérard Klein, Didier Lavergne, Catherine Leterrier, Jean-Louis Livi, Tanya Lopert, Daniela Lorenz, Jean-Marie Molinengo, Thierry Montariol, Nguyen Thi Lan, Laurence Pierre de Geyer, Malika Puren, Régine, Tom et Christophe Rouffio, Philippe Sarde, Gérard

Schachmes, Alice Schwarzer, Gilbert Schlogel, Élisabeth Tavernier, Alain Terzian, Annick Vautrain, Ariel Zeitoun.

Une pensée particulière pour ceux, parmi eux, qui nous ont quittés. C'est une chance d'avoir pu les rencontrer et échanger avec France Roche, Jacques Rouffio et Raymond Danon.

Je remercie Bernard Serf de m'avoir autorisée à utiliser un extrait de la chanson de Barbara « Au cœur de la nuit » comme titre de ce livre.

Merci à mon éditrice Sophie de Closets, présidente-directrice générale des Éditions Fayard, qui m'a renouvelé sa confiance et qui m'a accompagnée jusqu'au bout de ce projet. Je la remercie pour sa bienveillance. Merci à toute l'équipe des Éditions Fayard et particulièrement à Pauline Faure, Laurent Bertail et Agathe Mathéus pour leur enthousiasme et leur travail.

Merci à Sophie Charnavel qui a été la première à croire en ce projet et m'a proposé d'en faire un livre. C'est grâce à elle si j'ai un jour décidé de prendre la plume. Je la remercie pour son aide sur ce livre et le regard qu'elle porte sur mon écriture.

Merci à Martine Salaun qui s'est plongée pour moi dans des documents d'archives allemands. Elle a passé un temps infini à mener l'enquête et je la remercie pour son soutien infaillible et son professionnalisme.

Merci à Laurent Delahousse à qui je dois tant. Il m'a transmis sa passion pour le récit des destins et a été le premier à me proposer d'en raconter quelques-uns sous la forme de documentaires pour l'émission « Un Jour Un Destin ». Je le remercie pour ce qu'il m'apporte et me transmet au quotidien. C'est un honneur de grandir à ses côtés.

Je n'oublie pas ceux qui m'ont fait et me font confiance depuis tant d'années : Guillaume Durand, l'équipe de Magneto Presse – Marc Berdugo, Serge Khalfon et Elfriede Leca, ainsi que la direction de France 2. Mais également Jean-Michel Carpentier qui est un repère essentiel dans ma vie professionnelle.

Merci à tous ceux qui ont facilité mon enquête et les belles rencontres que j'ai pu faire : Bertrand Boutron, Laura d'Aboville, Thibault Denisty, Danielle Gain, Aglaé Milliard, Laurence Piquet et Norbert Balit, Matthias Roder, Laurent Sauli, Henri Tavernier.

Et puis il y a les essentiels. Ceux qui m'ont apporté un peu, beaucoup ou passionnément, sans parfois même se douter que leur regard, leur amour, leur enthousiasme et les moments partagés m'ont portée dans l'écriture. Je les remercie du fond du cœur.

Tout d'abord Erwan L'Éléouet, mon camarade d'écriture sans qui je ne serais peut-être pas allée au bout de ce projet.

Jérôme Attal, mon alter ego dont la sensibilité et la poésie sont une source d'inspiration.

Laurent Korcia, pour la citation en exergue du livre qui fut une musique inspirante.

Alain Ichou pour son regard toujours juste.

Philippe Dana pour sa lecture attentive.

Frédéric Sallée pour son regard d'historien.

Et aussi : Laurent Allen Caron, Sophie de Baere et Pierre-Hugues Cacheleux, Renaud Bernard, Fabien Boucheseiche, Ivan Calberac, Olivier Casado, Faustine Chevet, Pierre Defendini et mes amis écrivains des Nocturnes Littéraires – et particulièrement Emmanuelle Cosso, Serge Joncour, Akli Tadjer –, Nadia et Raji Gabriel, Priscille et Erwan Hébré, Marie Kaiser, Tatiana Mallat, Karina Salhi, Audrey Savarit et Jérôme Pichon, Bryce Simpson, Vincent Terrier, Bruno Waitzmann.

Et bien évidemment ma famille : Sylvie Bonnet, Jacques Briand, Samantha et Mohamed Sidibe, Ségolène Briand-Guiller, ma marraine Francine Le Guidec. Je les remercie pour leur soutien.

Mais aussi Leïlina, Kaaris, Pétra, Thésée, Toumi, Nour, Louise, Romy, à qui j'essaie de transmettre mon plaisir de la lecture.

Merci aux romancières qui ont soutenu publiquement mon premier livre sur Simone Veil : Tatiana de Rosnay, Valérie Tong Cuong et Karine Tuil. Leurs messages d'encouragement m'ont infiniment surprise et touchée.

Merci aux librairies qui ont plébiscité mon premier livre et m'ont invitée chez eux à venir en parler.

Merci aux très nombreux lecteurs qui sont venus à ma rencontre. La vague de tendresse et de bienveillance que vous m'avez apportée m'a encouragée à vous raconter le destin de Romy Schneider.

Une pensée pour les cafés et rues des villes où j'ai puisé mon inspiration et où des pages entières de ce livre ont été écrites : Paris, Tunis, Carthage, New York, Washington, Beyrouth et l'Ardèche si chère à mon cœur.

Cet ouvrage a été imprimé en France par
CPI Brodard & Taupin
Avenue Rhin et Danube
72200 La Flèche (France)

pour le compte des Éditions Fayard
en mai 2019

Photocomposition Nord Compo à Villeneuve-d'Ascq

PAPIER À BASE DE FIBRES CERTIFIÉES

Fayard s'engage pour l'environnement en réduisant l'empreinte carbone de ses livres. Celle de cet exemplaire est de :
750 g éq. CO_2
Rendez-vous sur www.fayard-durable.fr

Dépôt légal : mai 2019
N° d'édition : 34-9157-3/01 - N° d'impression : 3033028